POÈTE FRANÇAIS DU SIÈCLE XIX

Feuilles au vent,

POÉSIES

DE

JEAN ALEXIS GIRAUD.

HÆC STUDIA ADOLESCENTIAM ALUNT,
SENECTUTEM OBLECTANT, SECUN-
DAS RES ORNANT, ADVERSIS SOLA-
TIUM AC PERFUGIUM PRŒBENT, DE-
LECTANT DOMI, NON IMPEDIUNT
FORIS, PERNOCTANT NOBISCUM, PE-
REGRINANTUR RUSTICANTUR

CICERON

PRIX, **2** FRANCS.

PREMIÈRE EDITION.

MADRID

Miguel Romero, imprimeur, Valverde 40 y 42

1879

Jean Alexis Giraud, Paseo de Areneros, núm. 6, segundo, interior, derecha.

Madrid.

FEUILLES AU VENT.

Feuilles au vent,

POÉSIES

DE

JEAN ALEXIS GIRAUD.

«CAMŒNÆ ADOLESCENTIAM ALUNT,
»SENECTUTEM OBLECTANT, SECUN-
»DAS RES ORNANT, ADVERSIS SOLA-
»TIUM AC PERFUGIUM PRŒBENT, DE-
»LECTANT DOMI, NON IMPEDIUNT
»FORIS, PERNOCTANT NOBISCUM PE-
»REGRINANTUR, RUSTICANTUR

CICERON.

MADRID
M Romero imprimeur, Valverde 40 y 42.
1879

Madame Amparo Canalejas de Suarez Inclan,

MADRID.

MADAME,

J'ai eu l'honneur de vous parler d'une publication prochaine d'un recueil de mes poésies de choix, et je vous ai priée d'en accepter la dédicace. Vous m'avez donné votre gracieuse acceptation.

Ces poésies constituent un ouvrage sans prétention: elles sont la reproduction des chants d'un poète sans aucune célébrité, qui fut votre professeur, et c'est un hommage qu'il fait à votre sensible et délicate personne. Mais, comme notre siècle est l'époque du positivisme et de l'incrédulité, je vais, en peu de mots définir ici la nature du poète, que le monde souvent juge mal ou comble de ridicules.

Le poète, Madame, vous le savez vous-même. est d'abord un philosophe, c'est-à-dire cet être supérieur qui voit passer et repasser sans s'émouvoir la folle sarabande des matérialistes, et qui sourit avec l'indulgence de la sagesse. Il se livre à l'étude de la nature entière au double point de vue de l'art et de la science; sa foi se fortifie, à mesure qu'il entre dans la connaissance des hommes et des choses; il aime Dieu, par ce qu'il aime la nature entière.

Le poete, Madame, vous l'avez compris aussi, est l'amant du bon et du beau. Il trouve du charme dans l'harmonie et la fraîcheur des chants qu'il doit à l'inspiration. Il laisse rire les égarés du siècle,

> Car aux Muses soumis, ce paisible poete
> Chemine par sentiers fleuris,
> Chantant les Grâces et les Ris,
> Cette cour de Vénus, qui lui fait tant de fête.

> N'est-il pas cet elu que la douce Espérance
> Admet dans ses riants Etats?
> Pour l'accompagnez pas à pas
> Et lui crier: courage! à chaque défaillance.

Il se promene, lui, ce tendre rêveur, sans voir ni entendre les railleurs, qui, le cœur sec et l'esprit agonisant, n'ont plus que les convulsions du rire sarcastique sur leur face dégradée.

La vie est pour lui un passage de courte durée; mais elle est dépourvue des maux nombreux qui sévissent sur le vulgaire. Elle est une transition du rêve à la réalité, car il croit à une renaissance. Ses fines perceptions, ses tendances, son esprit d'illumine, tout lui fait entrevoir que les êtres pensants ont une âme, c'est-à-dire une étincelle du Créateur

La femme est pour lui la source intarissable de la poésie, cette image du beau, qui éveille en lui le sentiment de vrais bonheurs Elle, cette créature d'essence délicate, lui apparaît dans toutes les phases de son existence Il la voit d'abord enfant, qui appelle la protection, la caresse; jeune fille ou demoiselle ensuite, le regard doux, timide, rêveur, et tout en elle prenant un caractère de beauté: un corps épanoui aux mystérieux charmes de l'Esthétique, et, comme les fleurs du printemps, exhalant des senteurs bienfaisantes. Peu après, il la voit jeune mère, allaitant un enfant, la figure embellie encore par un sourire d'ange, soignant et couvant de tendresse ce rejeton adoré Il la voit enfin à l'heure du grand âge, moins fraîche de couleur, les traits un peu fatigués, les yeux moins brillants, mais belle quand même par sa douceur, sa bonté et par sa couronne de cheveux blancs

C'est donc la femme, qui est l'éternel beau thème

de son idéal Il la chante toujours, parceque son être charmant a la propriété de toujours l'intéresser, l'attendir, et l'inspirer

Eh' qui donc ose traiter de fou ce patient rêveur, sentimental apologiste de la belle nature, qui . oublie que les pierres ou les buissons du chemin lui déchirent les pieds, quand un parfum l'attire, quand la beauté lui commande de l'aimer, en le pénétrant de bien-être?

Le poete, tel que je viens de vous le peindre. c'est le penseur mystique, qui se fait une auréole avec les rayons de la foi: il admire dans le monde moral les jolies peintures qu'il y découvre, qui sont une espèce de kaléidoscope où se retrempe sa généreuse vigueur et dont la vue l'attache, en lui donnant comme une prescience d'un avenir plus riant.

Un de ses tableaux favoris doit son origine au berceau de la Chrétienté: il représente la Vierge, la Mère du Christ, dans tout le rayonnement de sa divine poesie

Quoi' en effet, n'en deplaise aux sceptiques, est aussi beau, aussi grandiose, et commande aussi bien le respect que l'histoire de la Vierge auprès de la crèche ou naquit l'enfant-prédestiné, glorieuse des actions de l'adolescent-prodige et pleurant toutes ses lar mes de mer e au pied de la Croix sur laquelle expira l'homme-Dieu!..

L'image de la Vierge est un merveilleux poème d'amour: c'est la pureté céleste Ce nom seul rafraîchit jusqu'à la bouche, qui le prononce Et cette puissante incarnation de la chasteté et de la clémence, n'est-elle pas la souveraine beauté devant laquelle s'agenouillent le triste, l'affligé, le désespéré, l'homme en détr esse?.

Rapael Sanzio et Michel-Ange Buonarotti, ces gloires de l'Italie artistique, n'ont-ils pas jeté sur ce tableau toute l'inspiration de leur adorable génie? Riez donc, si vous l'osez, ou portez votre main sacrilege sur ces chefs-d'œuvre, vous, les iconoclastes? L'audace vous fait défaut; vous vous arrêtez saisis, vous admirez, comme si une voix intérieure vous disait: cette image, on ne la profane pas

Voila le poète, tel qu'il est et non comme le monde veut le peindre C'est le chercheur du beau, du fleuri, c'est le croyant.

Mon petit recueil de poésies, dont je vous fais hommage, ne sera point, Madame, un ouvrage d'une classification ordonnée; le titre: FEUILLES AU VENT vous dit assez son genre Vous y lirez ces pages volantes, qui, toutes séparément, sont un souvenir que j'ai

voulu garder. Beaucoup de ces pages manquent a
l'appel que je leur ai fait, car le vent les a emportées,
sans que j'aie pu les retenir.

Je m'estimerai heureux si cette lecture vous est
agréable et si elle conquiert dans votre esprit une
place marquée de sympathie et de bienveillance pour
l'auteur du livre.

Accueillez, madame, l'expression de mes respects et
de mon affectueuse reconnaissance.

Juillet, 1879

JEAN ALEXIS GIRAUD

A MA FEMME.

Timide enfant que j'ai vue en bas âge
Venir t'asseoir sur mes genoux,
Le mois des fleurs, toujours d'heureux présage,
Tu t'es unie à ton époux.

C'est le réveil de la belle nature
Aux baisers du soleil joyeux,
Elle est heureuse en vêtant sa parure,
Comme elle aussi soyons heureux.

Oui, soyons-le, livrés à l'allégresse
Dont les petits sont les riches toujours,
Eternisons la secrète tendresse
Que nous puisons dans nos humbles amours

Il est si bon l'un pour l'autre de vivre,
A nos deux cœurs battant a l'unisson
L'étroit sentier que nous avons a suivre
Est tout bordé d'un odorant buisson

Le liseron, l'eglantier, l'aubépine,
Formant la haie aux embaumantes fleurs,
Aiment éclore au pied d'une colline
Mieux qu'au sommet des superbes hauteurs.

Ce n'est donc pas aux cimes orgueilleuses
Que la nature ouvre ses beaux bouquets,
Les chemins creux et les gorges rocheuses
Vont aboutir aux plus riants bosquets

Combien de fois, philosophe poète,
J'ai visité ces pittoresques lieux!
Mais j'etais seul, et pâle était la fête
. . . .
Grâces a Dieu! nous irons tous les deux

Oui, tous les deux nous ferons le voyage,
Paisiblement par l'agreste chemin,
L'air naturel, le sourire au visage
Et nous tenant tous les deux par la main

Dans notre sphere on vit et doit tranquille,
Loin des tracas qui blasent les puissants
Mieux vaut cent fois l'églogue de Virgile
Que tout l'Homère aux combats des géants

Qu'importe a nous tout ce monde qui brille,
Mais qui se meut comme des feux follets!
La paix de l'âme et l'amour de famille
Font que l'on vit sans remords ni regrets

Qu'importe à nous que des atrabilaires,
Esprits chagrins et censeurs envieux,
Veuillent en nous, modestes solitaires,
Troubler la foi que nous avons aux cieux!
. . . .

Mais calmons-nous, n'ayons pas de rancune,
Car le bonheur commande le pardon
Nous sommes grands les petits en fortune,
Quand notre cœur est généreux et bon

Rions toujours des comparses comiques,
Qui, dans ce monde, ont l'air de rire à part
Ces cabotins aux burlesques mimiques
Se moquent mal et sans grâce et sans art

Les gens d'esprit bientôt ont fait justice
De ces claqueurs serviles des présents,
Toujours dispos à penser a malice
Pour censurer ou rire des absents.

Nous, chere enfant, ayons la joie intime
Des esprits droits, accommodants et doux,
Notre conduite aura du moins l'estime
Des êtres bons vivant autour de nous

Sois donc pour moi cette compagne aimante
Qu'en ma prière à Dieu je demandais,
La créature affable et prévenante,
L'ange chéri de mes meilleurs souhaits

Et t'entourant de mes délicateses,
Femme de cœur aux solides vertus,
Tu comprendras les sublimes caresses
De l'amour vrai qui ne s'éteint plus

3 Mai 1873

A ALBERT F...

Video, audio, et in te clamo, doloris

Quoi! vous toujours si gai! la tristesse vous gagne
    Et vous grossit le cœur d'amers soupirs,
Toutes les voluptés que la joie accompagne
    N'ont plus de vous que de rares désirs

Eh! quoi donc, bon jeune homme, avez-vous qui
                        [vous peine
    Pour assombrir votre âge heureux?
C'est que vous regrettez peut-être qu'une chaîne
    Porte ailleurs son poids précieux?

Peut-être qu'on oublie encore une espérance
    Secrètement nourrie en vous,
Ou bien qu'on est cruel jusqu'à l'indifférence,
    Qui fait du mal plus qu'un courroux?

  Voyez-vous en ce jour un être qui s'afflige,
Une Psyché sans tâche, une jeune beauté,
Dont la tête alanguie incline sur sa tige
Comme une frêle fleur sous un ciel attristé?
. . . .

Votre visage est morne, et votre esprit médite
Comme fait un vieillard dont se glace le sang,
Votre cœur en secret et soupire et s'agite,
Oui, j'ai lu tout cela dans votre œil moins brillant

Il vous siérait alors de vous servir des armes
Que la philosophie aux tristes peut offrir,
Car au jeune, au vieil âge on distingue les charmes
De sa placide voix, dont l'accent sait guérir
Des maux cuisants du doute, ennemi du plaisir

Voyez donc dans vie un peu plus de sagesse
Que le monde a coup sûr ne prouve qu'il en a,
Gardez l'illusion qui sourit, qui caresse
Pour suivre l'espérance, où notre âme un jour va

Oh! c'est là, croyez-moi, le moyen salutaire
De mieux vous consoler des peines qu'on vous fait
Un autre peut d'ailleurs valoir qu'on le préfère

. . . .
Le bonheur, se doit-il à vous seul, s'il vous plaît?

(1856)

A UNE DEMOISELLE QUI S'ENNUIE.

A peine entrée en ton âge pubère,
Enfant d'hier, crois-tu donc aujourd'hui
Que tu connais d'ici-bas le mystère
Pour te permettre un air déja d'ennui ?

J'ai remarqué qu'à peine une parole
Ose effleurer tes lèvres de vermeil,
Tant tu crois voir l'illusoire auréole
Que ta beauté va soustraire au soleil
. . . .

La vanité, cette mondaine folle,
Sitôt pourrait, gagnant ton jeune cœur,
Faire flotter sur toi sa banderolle,
Ravir tes yeux, leur léguer plus d'un pleur
. . . .

Je crains, hélas ! qu'un rêve d'opulence,
Perturbateur du repos de tes nuits,
N'ait remplacé ton vœu de convenance,
En affolant tes innocents esprits

Pour toi, naïve en ta douce espérance,
Le reve est-il une réalité?
Non C'est l'insecte à la riche nuance,
Ce papillon que ta main a heurte

. . . .

De fleur en fleur, tu le vois, comme il vole!
Tu crois qu'il donne a toutes un baiser?
Ah! c'en est un qui coûte à la corolle
Ou le trompeur est venu se poser

Va, poursuis-le, que ta main le saisisse
He! qu'as-tu fait? Si courts sont tes bonheurs!
L'insecte ailé, ton amour, ton caprice,
Rien qu'au toucher a pâli ses couleurs

Ainsi tout brille en ce monde ephémère,
Et les brillants dont resplendit son sein
Peuvent, aides du monstre la Chimère,
Séduire un jour, mais s'effacer demain

Nous avons tous d'une courte existence
L'ardent desir de prolonger le cours
Et d'embellir de luxe et jouissance
Le rayon pâle ou s'éclairent nos jours

Moi, jeune enfant, j'ai de rares tristesses,
Que cependant je condamne au secret,
Car je n'ai pas les hautaines faiblesses
De gouverner ce que Dieu seul a fait

(1859)

A MADAME BERTHE DE B...

Je l'ai revue, ah! c'est vraiment dommage,
Car ma raison, si forte, déménage
Pour faire place à la folle des sens.
. . . .
Elle vêtait une robe de soie,
A longue jupe, et dont la traîne ondoie
En dégageant un délicat encens

Son corps est souple, et l'enfant est mignonne
Beauté correcte au rire qui rayonne
Sous le parfum magnétique des yeux,
Sur blanche nuque elle étage en couronne,
Moins deux bandeaux qu'au front elle festonne,
Tout le trésor de ses épais cheveux.

Vous la voyez, affable créature,
Pleine de goût dans sa simple parure,
Montrer à tous un cœur sensible et bon,
Mais rester digne à l'égal d'une reine,
Dès qu'un oseur entre chez elle en scène
Pour une cour équivoque de ton

Tout sentiment de noble courtoisie
Trouve un accueil dans son âme choisie,
Comme un tribut d'affectueux esprit,
Le madrigal d'un poète frivole,

Dans son regard mieux que dans sa parole,
Trouva toujours le blâme et l'interdit

C'est la modeste et pure enchanteresse,
Comme ses sœurs les nymphes du Permesse,
Que nul profane a le droit de louer,
Qui ne reçoit que le décent hommage
D'un cercle ami, respectueux et sage,
Dont l'heureux tour peut toujours s'avouer

Un souvenir me revient en mémoire,
Doux souvenir! fraîche et fleurie histoire,
Qui me retrace un épisode heureux
Toute parée, une nuit de l'automne,
Pour un des bals que l'opulence donne,
Je vois encor le bonheur de ses yeux,

Quelqu'un l'aborde et lui peint la détresse
Dont est la proie une vieille pauvresse,
Logée au toit ruiné d'une maison
Elle est émue et vole à la demeure,
Où la faim gît, face blême qui pleure
Et qui frissonne en l'humide saison

Berthe elle-même, en simple robe blanche,
Le cœur navré, pleure, approche et se penche
Dans l'angle obscur où se trouve un grabat
Là, quel tableau! En ce reduit étrange,
Tout lui fait froid à sa belle âme d'ange!
Quelques haillons de couverte et de drap
. . . .

Et la malade a la neige de l'âge,
Les yeux mourants, les rides du visage
Et de la faim l'ostensible ravage
Font le portrait dont les riches ont peur
. . . .

Elle, au contraire, a trouvé la parole
Dont le doux son plaît, ranime et console
L'être arrivé dans la nuit du malheur

. . . .

Elle sortit, mais ne revint pas seule.
Le mois suivant, l'intéressante aïeule,
En qui la vie alors reparaissait,
Avait quitté la mansarde déserte,
Pour habiter dans la maison de Berthe,
Qui consomma l'œuvre de son bienfait

Je l'ai revue, elle si charitable,
Toujours plus belle et toujours plus aimable;
Près d'elle encor ses chevaliers courtois,
Tous assidus a lui faire entourage,
Comme on a vu nobles de haut lignage
Faisant leur cour à la reine autrefois

C'est une femme au privilège rare,
Qui plaît au cœur, car la nature avare
A pris plaisir à la combler de dons,
Dès qu'on l'approche, on l'aime, on la respecte,
Mais la tendresse est toute circonspecte
Comme on la doit aux anges beaux et bons.

(1861)

AUX ARTHURS.

Un Arthur, il faut croire, a semé bonne graine,
Au village, à la ville, il en pousse partout
Le germe en est fécond, il en pleut par douzaine.
Comme le pain bénit, chacun en veut un bout

Prenez l'un, prenez l'autre, ils sont d'un même
[père,
De la même fabrique ils sont étiquetés
Mais, comme passereaux ennemis frère à frère,
L'un par l'autre toujours ils se sont becquetés.

Adonis, Endymion, ces héros de la Fable,
Qui de Vénus et Diane enchaînèrent les cœurs,
Ne sont que des enfants, que papa met à table,
Aux arthurs comparés, qui sont toujours vainqueurs.

Mais, voyez-les plutôt, comme ils ont le beau rôle
S'ils regardent, hélas! ils allument des feux,
S'ils parlent, dieux puissants! leur auguste parole
Fait qu'on leur passe alors la main dans les cheveux

Nous sommes, il est vrai, du siècle des lumières
Les temps ont bien marché depuis tantôt mille ans!
L'île d'amour est courte! on franchit ses frontières,
Rien n'arrête les pas des jeunes conquérants.

Ils sont d'ailleurs plus beaux nos jeunes Love·
[laces·
Ils n'ont qu'à se montrer aux portes des boudoirs,
Bottes a l'écuyère et regards pleins d'audaces,
Les modernes Laıs subıssent leurs pouvoırs.

Leur triomphe est partout, de Janvıer à Décem·
[bre,
Les aıles du succès, dans leur esprıt faquin,
Les ont souvent portés du seuıl de l'antıchambrè
Au salon où, dıstraits, les frôle le satın.

. . . .

Ils dısent tout cela, maıs, si la vraie histoire
De ces fats Rochesters arrıve jusqu'a vous,
Vous prenez en pıtıé la sottıse notoıre,
Quı trouble leur cerveau, les met au rang des fous.

. . . .

Leurs boudoırs sı vantés! leurs salons où tout
[brılle!
Si vous voyiez, hélas! ceux qui s'ouvrent pour eux!
La ıuelle ou l'ımpasse où grouılle la famılle
Des Phrynés du hasard, dont ıls sont les heureux.

(1860)

JEANNE.

Jeanne, on voit sur ta féconde terre,
Si favorable aux précoces amours,
Cette bruyère arbrisseau solitaire,
Aux rameaux verts et qui fleurit toujours.

Cet arbre nain, où chante ta jeunesse,
Ma muse l'aime, en fait le plus grand cas,
Car il embaume il cause douce ivresse
A ce rêveur qui te suit pas à pas

Et ta jeunesse est une fée aimable
Dont le sourire est pour moi bienfaisant,
Quand mon esprit, que la fatigue accable,
Croit succomber aux peines du présent
. . . .

A l'heure, hélas! où l'âme, en défaillance,
Tremble parfois d'un semblant de frisson,
Intimidé par la desespérance,
J'hésite alors comme un lutteur poltron
. . . .

Frileux, craintif en ce moment étrange,
Je me sens peur au retour des frimas,

Mais, ranimé par ton beau regard d'ange,
Je vois la fleur qui ne se fane pas

Cette fleur est d'une divine essence
Viens, ma Jeanne, une main dans ma main,
Nous la verrons en suivant le chemin
Elle est bien belle! et se nomme Espérance

(1868)

BOUTADE.

—

Parfois je voudrais fuir et m'oublier moi-même,
Voir de tous les pays, et sous tous les climats
Du nord et du midi, comme un rieur Bohême,
Qui dans tous les clochers voit le sien ici bas

Aller, courir partout, a l'aventure,
Fuir les cités, seul sous l'œil du bon Dieu,
Me convertir l'homme de la nature,
Enfant de l'air, vivant partout un peu

La vie heureuse en mon sang coulant pleine,
J'irais alors loin des mondanités,
Tout souriant, avec l'âme sereine,
Sans les soucis des creuses vanités

L'ambition, cette Sirène folle,
N'atteindrait pas le philosophe errant,
Qui marcherait sous la grande coupole,
Comme étranger aux choses du present

Puis, voyageant au gré de mon caprice,
Sans but toujours à travers les pays,
Libre du monde, exempt de son supplice,
Je camperais au sein d'une oasis

Et, quand viendrait la neige de mon âge,
Et que mon sang serait près d'arrêter,
Sans nul regret à la fin du voyage,
Je m'assiérais sur un moussu rocher.

. . . .

Là, résigné, contemplant la nature
En homme libre, amant de sa beauté,
Près d'une source à susurrante eau pure,
J'irais a Dieu, dans son éternité

(1871)

MA PIPE.

Ma pipe, bonne amie à la noire culotte,
Humble compagne des revers,
Souvenir de mansarde, ou la muse grelotte,
Tu m'as inspiré quelques vers

Oh! tu me plais toujours allumée à mes lèvres,
Valant mieux qu'un Londrès et me coûtant moins
[cher,
Tu portes ma pensée aux poétiques fièvres,
Quand monte ta fumée en spirales dans l'air.

Il m'est bien precieux ton narcotique charme,
De la désespérance antidote divin,
Avec elle il se bat, l'endort, et la désarme,
Pour me faire narguer les rigueurs du destin

Généreuse toujours pour moi, je le proclame,
Tu pardonnes sans cesse un éternel ingrat,
Qui cent fois te renie alors que belle dame
s'est écriée ah pouah! quelle odeur de tabac!!

Ce suprême dégoût, en secret qui me froisse,
A t'aigrir contre moi n'arrive même pas,
Si je te cache vîte a cette heure d'angoisse,
Pour ménager la dame et ses nerfs délicats
. . . .

Elle, dont l'odorat de sensible nature
Ne respira jamais que doux parfums de fleurs,
N'est point robuste assez, la frêle créature,
Pour ne pas tressaillir a tes fortes odeurs.

. . . .

Mais, frêle comme elle est, elle a tout pour me
[plaire
Pieds mignons, blanches mains, brune tête et grands
[yeux
Peux-tu donc m'en vouloir, si je crains sa colère?
Quand sa bouche m'a dit obéis, je le veux

. . . .

Et, pour toi, je l'ai vue une fois bonne reine
J'allais rompre avec toi notre vieille amitié,
Quand de mon sacrifice elle évita la peine,
En exclamant un non! de soudaine pitié

. . . .

Je ne te mene plus avec moi dans le monde,
Depuis que je te sais si mal venue en cour,
T'y ramener serait une faute seconde,
Et pire encor pour toi ., peut-être un dernier jour

(1868)

ELLE.

———

Quoi! tu t'émeus en la voyant passer?
C'en est donc fait? Elle va la chasser
Cette muette et craintive tristesse
Qu'au fond du cœur si souvent tu nourris.

. .   . .

Elle est pour toi la fée enchanteresse
Des contes bleus en ton enfance appris
Il t'en souvient, tu la vois, ô poète,
Toujours si prompte à secourir les bons,
Usant pour eux la vertu de ses dons,
Et pour leur bien se tenant toujours prête

Oh! tu la vois comme l'ange gardien
Dont te parlait en t'endormant ta mere,
En t'unissant a lui par le doux lien
D'une enfantine et petite prière

En souvenir revivent les portraits
Qu'on te traça de chacun des attraits
Des cent beautés de la fée et de l'ange.
Et cette enfant a les séductions
Qui t'ont charmé dans ces deux fictions
Dont tu te plais à faire le mélange

Son grand regard au globe blanc d'azur,
Dont la prunelle est un saphir bien pur,
A la vertu de te mettre en extase

. . . .
Tu l'aimes voir sur toi se reposer,
Puis, tout tremblant, sans pouvoir rien oser,
Tu sens l'amour dans son ardente phase

Ces feux d'amour, qu'allume en toi l'enfant,
Te font heureux en faisant ton tourment,
Car leur ardeur, n'est-ce pas le bien-être
Dont le poète a l'usage secret?
Puisque son âme a tout ce qui lui plaît,
Dès qu'elle sent cette ardeur lui renaître

. . . .
Tu l'aimes donc? Oh! oui, je le comprends
La faible enfant a des charmes puissants,
Quand tu la vois à tes bontés sourire,
De ce sourire éclos pour caresser,
Quand, sur les tiens, tu la vois les fixer
Ces deux beaux yeux où tu te mets à lire

Eh! oui, je l'aime elle me fait heureux,
Comme autrefois la fée aux contes bleus,
Ou le bon ange, invoqué par ma mère
Pour protéger mon paisible sommeil,
Et dont j'aimais dire jusqu'au réveil
Le nom si doux dans ma courte prière

(1868)

Á MADAME C. L., POUR SA FÊTE.

Autour de vous, les amis, la famille
    Sont réunis pour vous fêter,
La franche joie en leurs visages brille,
    En venant vous féliciter

Et vous, Madame, en cet anniversaire,
    Emue en recevant les vœux,
Par un sourire, où votre âme est entière,
    Vous dites merci pour nous deux

Car le bonheur en votre cœur d'élite
    Sans être à deux ne peut entrer,
Votre mari d'ailleurs si bien mérite
    De voir en lui tout concentrer'
    . . . .

Communauté de plaisirs à tout âge,
    Entre les époux assortis,
Expansion et charme du partage,
    C'est le terrestre paradis

En votre Avril vous avez la promesse
    De parfumés et nombreux jours,
Sur ce bel arbre où chante la jeunesse
    La tendre chanson des amours
    . . . .

C'est le duo des chères confidences
De vos deux voix à l'unisson,
Où vous chantez les douces espérances
Dans les couplets de la chanson

. . . .

Soyez heureuse, oui, soyez-le, Madame,
Dans le présent et l'avenir,
Entre vos mains vous avez le sésame,
Oh! voyez-le longtemps fleurir

(1872)

A MADAME V. C., POUR SA FÊTE.

Bonne, sensible et généreuse
Vous apparûtes à mes yeux,
vous naquîtes pour être heureuse
Je le vois aux airs gracieux
De votre âme si radieuse

Pour vous consacrer ses accents,
Déjà ma Muse arma sa lyre
Elle avait beaucoup à vous dire
Sur des bonheurs encor récents
. . . .

Il tend ses bras, mignon despote,
Ce fruit du légitime amour,
Il grossit, grandit et marmotte
Maman et papa tour-à-tour

Et votre joie alors nouvelle
S'éternise en ce beau marmot,
Qui pour vous est fleur plus belle
Que le soleil caresse, éclot

Une autre joie est en réserve,
Qui bientôt vous arrivera,

Le frais amour vous est en verve
De doux discours qu'il vous tiendra

Préparez-vous, car vos tendresses
De l'un à l'autre iront s'unir,
Vous couverez sous vos caresses
Ces deux trésors de l'avenir.

Aimez, Madame Affable et bonne,
Nous vous fêtons tous en bons cœurs.
Le bien-être en vous qui rayonne
Veut votre rire et point vos pleurs

Soignez, Madame, epouse et mere,
Le plant fleuri de vos amours
C'est l'aromatique bruyere,
Qui dure et refleurit toujours

(1872)

LE JOUR DE L'AN.

———

Dies prima, parvulorum lætitia

Partout se font des étalages
    De bonbons et de joujoux,
Chaque vitrine a des mirages
    Pour d'heureux petits fous

Pour qui sont ces miniatures,
    Fusils sabres, pantins,
Artificielles créatures,
    Jouets a courts destins?

Pour qui sont donc ces choses,
    Œuvres, caprices d'art?
Pour ces mignons riants et roses,
    Pour chacun un poupard

Après l'heure des convoitises
    De ces charmants bambins,
Sonnera l'heure des surprises
    Pour leurs yeux et leurs mains.

Tant de joie au plus court des âges!
    Il leur sied d'en jouir.
Ils vont la nuit rire aux images
    Comme avant de dormir.

Beau jour de l'an, que ton aurore
Paraisse à l'horizon!
Et que ton feu multicolore
Eclaire la maison!
. . . .

Viens éclairer le gai royaume,
Où les enfants sont rois,
Où la froide raison chôme
Pour leurs naïves lois

Quoi! chaque roitelet s'éveille·
Il voit, regarde encor,
Sa joie éclate, il s'émerveille
En palpant son trésor.
. . . .

Mais votre faveur bientôt passe,
Joyaux du jour de l'an
Votre prince inconstant vous casse
Ou vous traite en tyran.

(1855)

L'AVENIR.

La vita fugge e non s'arresta un'ora

Oui, l'avenir d'une vie éphémère,
C'est la marotte à l'usage de tous,
C'est le prétexte à l'humaine chimère
Qu'aiment nourrir les sensés et les fous

. . . .

Etrange mot, qui sors de chaque bouche,
A peine on est dans l'âge de penser!
Ton son magique à la fibre qu'il touche
Chante un faux air pour les jours à passer

De songes creux l'illusion accable
Tous les esprits par toi fanatisés
Ils font alors des châteaux sur le sable,
Projets, hélas! tant irréalisés!!

Frêle avenir, sur quoi l'homme devise
Comme oublieux de sa fragilité,
Vaux-tu pourtant la peine pour toi prise
Jusqu'au fossé de la mortalité?..

. . . .

Mais à quoi bon ces refrains de tristesse!
L'homme est-il fait pour toujours assombrir,
Dès le jeune âge aux heures de vieillesse,
Chaque horizon qu'il vient de découvrir?

Non L'avenir, de l'enfant loin ou proche,
Est sans pitié, sa voix commande à tout,
A toute oreille elle tinte, elle cloche,
A chaque année elle résonne un coup.

L'affection que le sang a fait naître
A son destin, elle a son heureux temps,
Où frère et sœur en goûtent le bien-être
Dedans leurs cœurs tendres et palpitants

Puis vient un jour où pâlit ce doux charme,
Que la famille apprend à savourer,
Un jour arrive où, sans verser de larme,
On cherche ailleurs autre joie à goûter

C'est l'avenir qui de sa voix ordonne
De délaisser le bonheur naturel,
Dont le berceau vit fleurir la couronne
Et dont l'enfance a parfumé l'autel.

Oh! l'avenir est partant peu de chose
Dans notre vie aux plaisirs si déçus
Il apparaît souriant et tout rose
A l'esprit jeune, et compte peu d'élus ..

Et tant d'angoisse aboutit à la tombe! ..
L'amour, lui seul, en produit le sujet
Mais, quand un cœur à son pouvoir succombe,
Souvent il rit du joug qu'il préparait
. . . .

Mon avenir, celui que moi j'espère,
Sublime et vrai, s'explique en cet aveu
Tranquillité, quelque aisance sur terre
Pour ma famille, et soleil du bon Dieu.

(1859)

Á MADAME C. L., POUR SA FÊTE.

Voici le jour des nombreuses tendresses,
Que la famille offre de si bon cœur
A vous l'épouse et la fille et la sœur,
Bien des amis vous feront des largesses
De ces souhaits dont charge la couleur
La Courtoisie avide de faveur

Ah! les amis, les vrais! c'est qu'ils sont rares!
Ceux-ci, voyez, ont une honnêteté,
Qui leur imprime un air d'étrangeté,
Parce qu'ils sont de compliments avares

. . . .

. . . .

Mais là n'est pas le sujet de la fête
C'est jour de joie, il faut se réjouir,
Et pour cela nous n'allons pas ouïr
Sur le prochain ni blâme, ni requête

Mon humble Muse a ressaisi sa lyre,
Comme autrefois, en des moments heureux,
Car elle veut rechanter et redire
Les tendres airs de deux cœurs amoureux

Eh! ne peut-elle, à son tour, à cette heure,
Dire et redire un couplet de ce chant,

Quand de bonheur elle rit, elle pleure
Près du berceau d'un tout prochain enfant?

Vous, belle-sœur, vous avez la promesse,
Jeunes tous deux, vous et votre mari,
De boire un jour cette divine ivresse
A pleine coupe, à désir accompli.

Oh! ce jour-là l'allégresse expansive
S'extravasant du fond de votre cœur,
Vous la verrez, la famille attentive,
Se réjouir avec vous du bonheur
. . . .

Vous en avez d'ailleurs quelques prémices
Dans cet amour que montre votre époux,
Quand pour vous plaire il comble vos caprices,
Toujours zélé pour ne plaire qu' à vous

Et vous, joyeuse et le cœur qui palpite
De cet amour qui vous est précieux,
Vous lui rendez, autant qu'il le mérite
Dans le sourire animé de vos yeux

Le beau soleil éclaire l'existence
De deux bons cœurs unis étroitement,
Cette union éloigne la souffrance
On vit si bien, quand l'on vit en s'aimant

(Novembre 1873)

PLAINTE.

La voix du vent comme une plainte
       Me rappelle d'un souvenir,
Où je revois l'image éteinte
       De ceux dont l'âge a dû finir
. . . .

C'est pour moi cette voix des larmes
A laquelle le monde est sourd,
La bonne voix du temps des charmes,
Oui, de ce temps, helas! si court!
. . . .
. . . .

C'est mon enfance   , elle n'est qu'un rêve,
Qui m'a bercé bien tendrement,
Heure, où la joie était sans trêve,
Evanouie en m'attristant .

Car j'ai perdu cette ignorance
Qui me voilait les maux futurs,
Car la pensée est la puissance
Qui m'a troublé, des jours bien purs
. . . .

Et je n'ai plus que la science
Des frivoles félicités,

Et j'ai de plus l'expérience
De nos mille fragilités

. . . .

Comme tout passe sur terre
Et se succède tour-à-tour!
Combien la joie a pour se taire
De navrants motifs chaque jour!

Riche, pauvre, luxe misère,
Rien n'échappe au temps destructeur
Vice, vertu, fourbe, sincère,
Tout est tombé par le Faucheur

Lois des hommes, mœurs et maximes,
Monde contraste, objets créés,
Plaines et monts, terre d'abîmes,
Vous encore vous passerez

Gloire, beauté, laideur, jeunesse,
Raison, démence, orgueil, sagesse,
Helas! que devez-vous durer?
Quelques instants Et vous, idoles,
Qu'on nomme grands, faits pour régner,
Eves d'amour, les nécropoles
Sont la pour tout egaliser.

. . . .
. . . .

Consoles-tu, foule oublieuse et gaie,
Lorsque, pensant a t'attendrir,
Un malheureux va te montrer la plaie
Qui le consume et fait gémir?
Non! Non! jamais ton regard égoiste
Ne refléta quelque bonté,
Et puis d'ailleurs, si l'on croit qu'il s'attriste,
C'est   d'une moqueuse pitié
Mais exister dans le marasme,

Ah! c'est mourir à petit feu!
«Les maux du temps sont un sarcasme,»
«si je n'y vo s le doigt de Dieu »

. . . .

Oh! j'aime mieux me plaire à vivre
Et demeurer sensible et bon,
Que d'amertume être un jour ivre,
En perdant toute illusion

Seuls les esprits, qui sont vulgaires,
Languissent dans l'absorption,
La grande âme pour d'autres sphères
Réserve sa dilection
Dans les soucis et dans les peines
Elle s'épure en souffrant peu,
Et s'élève malgré ses chaînes,
Pleine du grand'œuvre de Dieu

Donc, loin de moi, vaine tristesse,
Noir nuage de mon ciel bleu,
Reviens à moi, chère allégresse,
Ou ma Muse entretient son feu

(1859)

UN BAL A VALENTINO (PARIS).

La fête brille, elle est à sa naissance,
Se met en branle en un subit élan,
Dès que l'orchestre aux coups d'archet d'Arban
Lance dans l'air ses notes en cadence.

Couples d'amants, formés par le hasard,
Entrent gaiement au compas de la danse,
Car Terpsichore improvise alliance
De joyeux fous, qui cultivent son art.

Le jeu s'anime ici la fille d'Eve
Se transfigure aux bras du tourbillon,
Chaque sourire éclaire son rayon,
Chaque œillade arrive à la congiève

Notre jeunesse est sous un feu nouveau
L'ivresse alors de son heureuse foule
Est à son comble, et déjà se déroule
Un séduisant et féérique tableau.

Entrelacés, danseurs et bayadères
Sont commandés par l'orchestre entraînant,
Car l'harmonie est un génie ardent
Qui les transporte aux amoureuses sphères.

Tout s'électrise en un magique essor,
Propagateur d'une expansive joie.
Nymphes, dansez, que votre robe ondoie!.
N'est-elle pas l'allégresse un trésor? .

. . . .

Oh! que la vie ait ses heures de larmes!
Eh! qui de nous dit qu'il n'en verse pas?

. . . .

Vers la beauté de pudiques appas,
Ils sont bien bons les courts instants des charmes

Après la bal, où sont nés les désirs,
Les couples vont au temple de Cythêre
Clôre la fête au sein de ce mystère,
Plein de parfums et d'enivrants plaisirs.

(1868)

BELLES FUGITIVES...

Nymphes de l'idéal, qui bercez la jeunesse
De sourires toujours riches de visions,
Vous qui charmez mon cœur docile a la caresse,
Embellissez mes jours, douces illusions! .

Le monde vous flétrit par d'injustes sarcasmes,
Parcequ'il est profane et qu'il ne croit à rien,
Mais moi, je n'ai pour vous que des enthousiasmes,
Car je puise dans vous les délices du bien.

Les vulgaires plaisirs dont le monde s'énerve
Répugnent à mes goûts qui sont nobles et purs,
Les vôtres sont meilleurs leur vertu me conserve
L'allégresse d'esprit, quand les destins sont durs.

Dedans mon âme j'aime à vous garder captives.
L'Espérance avec vous me conduit par la main.
Restez, car me laisser, devenir fugitives,
Cela me ferait mal , j'en mourrais en chemin.

Sans vous que deviendrait cette heureuse fête
Que j'ai de voir la fée en qui j'espère tant!
Que deviendrait aussi la pensée où ma tête
S'inspire un madrigal au sein d'un cher tourment!...

Demeurez avec moi pour le charme que j'aime
Et dont rien que la mort ne pourra m'affranchir;

Laissez dire le monde, et restez-moi quand même
Jusqu'a la fin des ans qui devront me blanchir

. . . .

Servez a mon bonheur, servez-lui de cortège
Pour me faire durer mon beau printemps fleuri,
Alors que mon hiver aura montré sa neige,
Faites briller encor les yeux qui m'ont souri

(1869)

JEAN POSTILLON.

Connaissez-vous, gens de Paris,
Un gros homme de courte taille?
Son crâne nu, son regard gris
Et son cœur dur n'ont rien qui vaille.

Il faut le voir Jean Postillon,
Vif, remuant, toujours alerte,
Gentillâtre de fiction,
Tête dressée et découverte

Il joue alors au potentat,
qui fait le beau, trône et gouverne,
Majesté comme par état,
Il en impose au subalterne

Mesurant tout à son compas,
Sa parole est de note grave,
Et l'on en fait aussi grand cas
Que de celle d'un vrai Burgrave.

Battant monnaie au jour le jour,
Homme du monde on le proclame,
Car il sait faire un doigt de cour
A l'élégante et belle dame.

Mais l'intérêt qu'il met en jeu
N'est point le charme de la belle,

Il est, ma foi! compté pour peu,
S'il doit toucher son escarcelle

Ce doux charme, s'il est faveur,
Dilatant sa grise prunelle,
Il fond la glace de son cœur,
Grossit sa lèvre sensuelle

Gros bonhomme, déjà c'est fait
S'est mise a nu ton âme impuie,
Ta morgue alors qui disparaît
Laisse vulgaire ta figuie

. . . .

Jean Postillon succombe, helas!
Comme tout autre en sa faiblesse,
Il chancelle, fait de faux pas,
Puisque la chair est pécheresse

(1868)

MADAME «POMPADOUR».

Vanitas vanitatum.

Un complaisant sourire éclaire la personne
De cette créature aux airs de Pompadour,
Sa coiffure à la mode, artificiel atour,
En postiches-rouleaux la paie et la couronne.
Son corsage montant emprisonne à desseins
Une gorge assez blanche et deux opulents seins.
Une tête mignarde aux epaules s'emmanche,
Et, pensant qu'une dame est du monde ornement,
Elle porte toujours mantille du dimanche
Sur sa tête en rayons comme un Saint-Sacrement
L'agréable frou-frou de sa jupe de soie,
Dont la traîne-saumon royalement ondoie,
Sa marche compassée et son air de grand ton
La font parmi les siens duchesse de salon
L'éventail à la main, voyez comme elle joue
Au milieu de son monde appris au madrigal,
Cette paonne orgueilleuse, elle fait une roue,
Qui veut dire admirez votre reine du bal.
Elle fait les honneurs, de chacun elle approche,
L'épigramme à la bouche et le rire toujours,
Avocate sur tout, membre de la Basoche,
Qui, pour avoir raison, à la feinte a recours

. . . .

C'est une créature unique de sa classe,
Que ne peut portraiter nul habile pinceau,
Femme caméléon, elle veut à niveau
Imiter grande dame et disputer de race,
Sans généalogie à l'armorial tableau
Hélas! la créature imite à la grotesque
Un monde distingué qu'elle ne connaît pas
Elle est une comparse, une lourde tudesque,
Qui fait la comédie au public seul d'en-bas
C'est le public d'en-bas qui convient a la dame,
Pour jouer à la reine, avoir le sceptre en main,
Ou faire la naiade au sortir de son bain
Devant ces ignorants des travers de la femme
Elle a l'air délicat que c'en est à ravir,
On s'y trompe, ma foi! Que fait le nobiliaire
A celle qui ne peut pour courtisans choisir
Qu'au vulgaire echelon de l'humaine tourbière

. . . .

C'est le cas de le dire et le dis mille fois,
Qu'au pays des borgnés les gens communs sont rois

. . . .

Voulez-vous que la dame étale bonne grace?
Prenez à ses côtés quelquefois une place,
Et, d'un air sérieux, élogiez le bon ton,
Que chacun trouve en elle et vante a l'unisson,
Admirez sa coiffure et son goût de toilette,
La fleur de camélia dont elle orne sa tête,
Dites-lui qu'elle prend sa taille d'autre temps,
Mais bien mieux arrondie, aux contours plus char-
                              [mants
Alors, oh! alors si qu'elle fait bonne bouche,
Que son sourire est fin, que la vanité touche
Son esprit altier, son égoiste cœur,
L'un et l'autre toujours faibles pour le flatteur

. . . .

Personne ne l'approche et jamais ne l'écoute
Sans diplomatiser telle cour qu'il lui fait,

Jouant le jeu serré dans la scabreuse joûte
Sous les yeux de la dame au corsage replet
Misère d'un seul jour' vanité triste et folle' .
Sous les feux ruisselants d'un lustre girandole,
Au salon luxueux ou tout brille pour toi,
Crois-tu donc échapper à la commune loi,
Qui t'assigne une place en quelque nécropole?

. . . .

Vanité! . j'ai pitié des somptueux tréteaux,
Où, tes hochets en mains, couverte d'oripeaux,
Tu produis ta parade au peuple des badauds.

(1867)

MADAME CLEMENTINE DU V...

Madame, on sait les belles choses
Que vous classez au rang d'exploits.
On les connaît, ces ongles roses,
Dont sont armés vos jolis doigts

Et ces grands yeux, pleins d'artifices,
Si bien voilés de longs cils noirs,
On les a vus puissants complices
De vos despotiques vouloirs

Un conquérant se montre en face
De ceux qu'il invite au combat,
Jetant le défi, la menace,
Comme fait un brave soldat

Mais vous ! que faites-vous, Madame ?
Votre tactique est d'autre aloi,
Car, avant tout, vous êtes femme,
Et l'intrigue fait votre loi

On écoute, fine causeuse,
Quand, trônant dans votre salon,
Vous nous parlez, belle rieuse,
Comme une dame de grand ton

Votre ascendant est d'une reine,
Qui parle aux membres de sa cour.

Comme le chant d'une Sirène,
Votre voix inspire l'amour

Amour, hélas! sans espérance,
Dont vous entretenez le feu,
Amour! ou mieux une souffrance,
Dont vous savez vous faire un jeu!
. . . .

Vos victimes n'osent se plaindre
De votre incessante rigueur
Les peureuses en sont à craindre
Que ne frappe votre froideur

Amoureux appris à se taire,
Vos courtisans n'ont de l'amour
Qu'un sourire dans le mystère,
Dont ils vivent au jour le jour

Mais un séraphique visage,
Le temps bientôt peut le changer!
Sa main n'épargne pas l'outrage,
Et se charge de nous venger
. . . .

Ah! la cruelle flétrissure
Est réservée à la beauté!
La Destinée étrange et dure!.
Qui décherra sa royauté.
. . . .

Oh! Madame, quoique cruelle,
. . . .
C'est si douloureux d'enlaidir!
Et d'ailleurs, vous êtes si belle!
Que vous devriez ne pas vieillir.

(Octobre 1869)

PARIS (AOÛT 1870).

Tous les visages ont un air d'inquiétude,
Qui produit le malaise et frappe les grands cœurs.
Le savant, qui tressaille au cabinet d'étude,
Lui qu'on voit réfléchi dans ses doctes labeurs,
N'a donc plus de repos! Et l'on veut qu'il éclaire
Des feux de son esprit les peuples et les grands,
Quand un prince à son gré peut allumer la guerre,
Et fait vomir la mort de cent canons tonnants!!

Amère comédie! ô durable servage,
Dont s'étaient affranchis nos pères valeureux!
Nous, les fils, nous faut-il, renégats du lignage,
Nous déclarer déchus de leur titre de preux?

. . . .

Hélas! que vont-ils faire, armés d'engins de fou-
[dre?
C'est donc beau de les voir, les traits noircis de
[poudre,
Ecumant de colère et les yeux flamboyants,
Des enfants se livrer des combats tout sanglants?

Ils vont On leur a dit la France est menacée
Par un peuple rival de sa gloire passée,
Enfants de la patrie! allez vaincre ou mourir!
Et tous se sont levés, belliqueux à frémir

. . . .

Et bientôt en présence, enseignés a la haine,
Comme de vrais jaguars désolant une plaine,
Ils portent devant eux le frisson des terreurs,
Glorieux qu'on les nomme héros, ces massacreurs!

.   .   .   .

Ah! ils sont devenus les héros du carnage. .
Après quatre-vingt-neuf, c'est la horde sauvage,
Des Vandales nouveaux, qui ruine un panthéon,
Où dorment des Français de célèbre renom
Ombres du sacrifice! Agitez vos suaires!
Ils se sont dégradés ceux que vous fîtes frères,
Car un homme tout seul, étrangeté du sort!
En a fait des laquais qu'il envoie a la mort

.   .   .   .

.   .   .   .

Tandis qu'ils vont mourir, en passant par les ar-
[mes,
La famille est reduite à repandre des larmes,
Souffrant misère et faim, angoisses et douleurs,
Les hommes s'étant fait du foyer déserteurs
Et cela, pour quoi donc? Pour un brevet de braves,
Que leur décernera qui les refait esclaves
En leur parlant de gloire au lieu de liberte,
Et d'asservissement au lieu d'égalité

La religion vraie! Est-elle dans l'épée?

.   .   .   .

Revenons a la paix ce sera l'epopée,
Qui nous glorifira chez nos riches enfants,
Car la paix, elle seule, a les bons conquérants
Ces hommes appliqués, patiemment, sans relâche,
Au bien-être de tous, oh! la sublime tâche!
Que le Christ a prêchée et remplie en son jour,
Lorsqu'il nous révéla l'humanitaire amour

MADEMOISELLE ERNESTINE B., A LA SŒUR CLOTILDE,

APRÈS SA PRISE DU VOILE.

*Les cœurs aimants ont le
secret des joies radieuses*

Un jour, je vins m'offrir à votre vue
Le regard triste et le buste penché,
Je vous semblai si sombre que la nue,
Dont le soleil est un moment caché

Et vous! sensible, accessible a la peine
De voir sévère un visage d'enfant,
Qu'avez-vous fait?   d'une pitié soudaine,
Qui plaît au cœur, vous me vîntes devant .

. . . .

Laissant le monde et sa foule hautaine,
Je regrettais   Oh! c'était mal
Mais votre voix me nomma la fontaine,
Dont l'onde cause un délice mental

La vanité, cette mondaine folle,
Qui me traînait apres son brillant char,
Faisait sur moi flotter sa banderolle,
Troublait mes nuits par le lourd cauchemar.

Je m'affranchis de cette servitude,
Fatale un jour à celle qui n'en soit,

Je vins chercher la paix, la solitude,
Où l'on médite, où l'on contemple et dort

Je dois à vous, ma sœur, la douce joie,
Dont, j'ignorais les durables bienfaits,
C'est avec vous que j'entrai dans la voie,
Où l'on s'épure, où l'on aime à jamais

. . . .

Merci! ma sœur, oh! vous êtes bénie!
Vous aimerai-je autant que vous m'aimez,
O vous par qui ma tristesse est bannie?
Puis-je vous plaire autant que vous charmez?

Avril, 1858

LE NOM DE LA VIERGE MARIE.

Ce nom plein de vertus, il faut que je le dise,
Ce doux nom de Marie a le charme si frais
Qu'à le dire toujours, sans cesse je me plais,
Que tout il rafraîchit et tout il poétise!

(1878)

A ROSINE.

A la neige nous ressemblons,
Toi, blanche et froide comme elle,
Et moi sous tes yeux, ô cruelle!
Comme elle, vois-tu, je me fonds

(1868)

PERPLEXITÉ.

Il me semblait que j'allais le lui dire,
Que sa pensée occupe mon esprit,
J'étais dispos a rompre l'interdit,
En avouant combien je la desire

Et résignée elle baissait les yeux,
Deja prêtant une oreille attentive
A la parole à ma bouche captive
Et qui ferait le bonheur de nous deux

Elle est au bord de ma levre qui brûle,
Cette parole à toute heure du jour,
Mon cœur palpite, et voici qu'alentour
Je sens un air d'ou renait mon scrupule

Pourtant que faire? Oser, serait-ce mieux?
Oser la dire a celle qui l'inspire,
Quand je la crois disposée a souscrire
A cet aveu qu elle a lu dans mes yeux

(Novembre, 1872)

A MA SOEUR.

Petite sœur, quoi donc t'avait pâlie,
Toi pour qui sont les roses du printemps?
Est-ce un regret, une humaine folie?
Est-ce un désir qui te fait des tourments?

Tu sembles triste Il serait une peine
Qui pût gonfler ton sein d'un seul soupir!
Ignores-tu que d'amertume est pleine
La pauvre coupe où l'on croit le plaisir?

Que penses-tu, quand ton buste se penche
Sur un ouvrage où s'exercent tes doigts?
Que penses-tu, frémissante pervenche,
Quand d'un ennui te fait plier le poids?

Quand le sourire encore à peine effleure
Tes charmants traits où se peint la vertu,
Et qu'aussitôt il s'attriste et se meure
Dans une plainte, enfant que penses-tu?

Aurais-tu peur que la saison des roses
N'eût point de fête à donner à ton cœur?.
Ah! ne prends pas ces petits airs moroses,
Si déplacés à l'âge du bonheur!.

Il faut attendre au bras de l'Espérance
Ton vrai destin dont le Ciel a pris soin,
Et désirer dans l'humble patience
La joie enfin, qui de toi n'est pas loin

Lorsqu'un chagrin te menace ou te touche,
Comme un lutin créé pour assombrir,
Qu'une prière alors ouvre ta bouche,
Et la gaité viendra t'épanouir

Car ce n'est pas au beau Mai de la vie
Qu'il est permis a l'ange de douter
Que l'âme un jour ne soit toute ravie
Dans un délice exquis à savourer

Tu dois aimer un jour avec noblesse
De cet amour que Dieu même a béni,
Tu goûteras l'ineffable allégresse
Pour succéder a tout chagrin banni

C'est à ton âge où l'on plait, où l'on aime
De noirs cheveux te couronnent le front,
Et ton regard a la douceur suprême
Que bien des yeux épris admireront

Et s'il advient que ton beau ciel se couvre
D'un noir nuage, enfant il faut prier,
Car le sourire a la bouche qu'il ouvre
Donne la grâce et sait tout égayer

(10 Juillet, 1858.

A LA MÊME, POUR SA FÊTE.

D'ou viennent en ce jour ce surcroit d'allégresse
Et ce doux sentiment, qui m'émeut et caresse?
Un nom seul peut causer ce bien-être à mon cœur
Et l ouvrir tout entier à la joie, au bonheur

Pauvre cœur! que ce nom est donc beau pour te
[plaire!
Il charme tes ennuis, les réduit a se taire,
Marguerite est ce nom, et l'amour fraternel
Me fait a son sujet un sensible rappel

Une vierge est au ciel, qui porta sur la terre
Ce nom qu'elle embellit en aimant la prière,
Enfant!! tu l'as aussi ce nom si bien porté
Fasse qu'il soit toujours des vertus escorté,

Celui qui prenait part aux jeux de ton enfance,
Qui doit au même sang le jour et l'existence,
Il t'exhorte à bénir l'auteur de tous nos biens,
Le Dieu qui nous unit par de si tendres liens

Tu sais que près de lui doit être notre père,
Dont le seul souvenir ravive nos regrets,
Mais, courage! ma sœur, nous avons notre mère,
Qu'il comble chaque jour de quelques bienfaits

J'aime la candeur de ton âme naïve
Conserve ses vertus, car, faible sensitive,
Au profane contact tu te verrais pâlir
Et maudirais ce Dieu que je t'entends bénir

(1855)

A MADAME AMPARO C.. DE S.. I..

Abreuvé des l'enfance à la source d'eau pure,
Qui coule à la nymphée où vivent les neuf sœurs,
Le poète connaît cette belle nature,
Où Vénus et sa Cour ont leurs couches de fleurs

Un charme le captive, un parfum le pénètre,
Quand la beauté l'approche, et les sens délicats
De ce tendre penseur à ses yeux font paraître
Ce qu'un autre que lui ne découvrirait pas

C'est ainsi qu'il connaît ce que vaut une femme,
Que le Ciel créa belle et d'esprit et de cœur,
Dont le pudique attrait épanouit son âme
Dans l'émanation d'une douce senteur

Madame, vous avez, oh! la qualité rare!
Ces dons de bonne grace et ce charmant esprit,
Dont la sage nature est toujours bien avare
Pour les dames du monde où de tous on médit

Rien en vous d'affecté, de fardé, de frivole,
Souriante pour tous, caractère attachant,
Vous avez pour chacun une aimable parole,
Et vous avez aussi le plus bel air décent

C'est un humble poète, appris à bonne école,
Qui dit ces choses là pour vous à cœur ouvert
Les Muses ont des voix d'harmonieux concert,
Qui ne font dans leurs chants qu'une puie auréole

(Août 1879)

LE NID.

C'est en Avril, le mois du renouveau
    Qu'ont chanté les poètes,
Quand Mnémosyne eut sorti du berceau
    Ses filles mignonnettes

  . . . .
  . . . .

Tant de travail, de peine et de soucis
    Pour former ce nid tendre,
Où la couvée heureuse des petits
    Pourra la coque fendre!

  . . . .

La fleur éclot, et son calice embaume,
    L'herbe fraîche verdit,
Et la portée en son lit de mou chaume
    Pépie au jour qui luit

Elle pépie à la mère qui couvre
    Son doux duvet frileux,
A la becquée aussi ses becs elle ouvre,
    Pépiant à qui mieux

Les oisillons ont vu croître leurs ailes
    Sous la feuillée, au nid,

Et les ingrats ont fait usage d'elles
Pour fuir l'amoureux lit.

. . . .

Combien, hélas! font autant chez les hommes!
Tendrement élevés,
Ils ont grandi, nous ont fui, nous qui sommes
Les parents éplorés

(1879).

A MA FILLE CATHERINE.

Catherinette grandira
Elle fait déjà la risette,
Heureux qui de nous la verra,
Car le bon Dieu la conduira,
La petite Catherinette

Et quand dès l'âge de raison,
Père et mère a la fillette,
Gage d'amour a la maison,
Lui feront pieuse leçon,
Vous verrez la Catherinette

Comme aux verts prés on voit fleurir
Jolie et fraîche pâquerette,
Vous la verrez s'épanouir,
Jolie et fraîche devenir,
La petite Catherinette

Un peu plus-tard la douce enfant,
Bien docile, sage et grandette,
Touchera l'âge adolescent,
Et demoiselle à l'air décent
Vous la verrez Catherinette

Hélas! un jour elle plaira,
Car le Cupidon en cachette,
Quand au miroir elle verra
Je suis l'amour, il lui dira,
A la belle Catherinette

Alors souvent elle viendra,
L'innocente fille coquette
Voir la psyché et sourira,
Car une voix lui redira
Je suis l'amour Catherinette.

(1875)

A MA FILLE MARGUERITE.

Deux ans et trois mois, le bel âge!
Vive enfant, ange frais et beau,
Nous sommes au gai renouveau,
Et comme lui rit ton visage

Car tout nous rit dans la nature
A l'heure si courte du temps,
Où l'air, les fleurs et la verdure
Portent la caresse à nos sens

Donne la main à Catherine,
Ta sœur aînee, un ange aussi,
Et que votre joie enfantine
Calme ma peine et mon souci

Sémillante petite fille
A l'abondant babil sans fin,
Mignonne vive et subtile,
As-tu l'âme d'un séraphin?

Oh! prends la main de Catherine,
Et, toutes deux a l'unisson,
Epanchez la joie enfantine
Charmant nos cœurs et la maison.

(2 Mai, 1878)

A MON NEVEU GASTON MAYUSSE.

Le monde est, cher enfant, l'arene des combats,
Où nous jette la vie, où chacun elle enrôle,
Et, deux âges passés sur les bancs de l'école,
A grand' peine à trente ans nous y sommes soldats.

Toi, qui, jusqu'a présent sous l'aile paternelle,
As pu voir de la vie, en tes dix huit printemps,
De notre beau soleil quelques rares levants,
Oh! bénis chaque jour d'être encore en tutelle

Assez tôt tu verras disparaître les jours!
.   .   .   .
Ah! quand sort d'un rocher une source d'eau pure,
Combien vîte s'éteint son paisible murmure
Des verts prés à l'abîme où se perd l'humble cours!

Que dure notre joie! Oh! que tard elle meure!
.   .   .   .
Car, sans un bien peu d'elle, avant l'âge on vieillit
Poésie agonise et la tête blanchit,
Sitôt que de l'épreuve a pour nous sonné l'heure!

Tu ne sais pas encor, tu le sauras un jour,
Qu'éphémères ils sont d'ici-bas tous les charmes,
Qu'il en coûte de perdre, hélas! d'amères larmes,
Père et mère zélés à nous couver d'amour!

Aime-les, chéris-les, et davantage encore
Cherche leur compagnie, écoute leurs discours,
Consacre le meilleur de tes loisirs toujours
A ces êtres aimants dont un bon fils s'honore

Et, quand viendra leur tour de la neige des ans,
Sois alors homme fait, qui possède sa place,
Leur épargnant aussi l'injure ou la menace,
Comme ils firent pour toi, des choses et des gens

Tu seras donc pour eux ce bâton de vieillesse,
Le vigoureux appui qu'en leurs pas chancelants
Trouveront aux vieux jours tes rejouis parents,
Leur visage a toi seul souriant de tendresse

(18 Janvier, 1879)

A MADEMOISELLE LOUISE C....

L'âge heureux de l'étude est le tien, belle-sœur
Ses bonheurs, ses beautés, hélas! on les ignore,
A tel po nt qu'on aspire à le franchir ou clôre
Comme un âge ennuyeux, bien qu'il soit le meilleur.

Louise, tu connais ce bel âge de grace,
Printemps préparatoire aux chaleurs de l'été,
Où des jeux de l'enfant l'étude prend la place
Au nom de l'avenir, rêveuse étrangeté!

. . . .

Pleine de bons désirs, de craintes, d'allégresses,
Je te vois en esprit dans ce temps du labeur,
Et souvent dans tes yeux paraît une lueur
Qu'éclairent l'espérance et ses mille promesses.

Oh! c'est que, par l'étude, on ne peut que grandir;
Par elle l'ignorance à chaque heure s'efface
La mémoire saisit en détails qu'elle classe
Les règles du savoir, dignes de souvenir

Confiée aux doux soins d'attachantes maîtresses,
Je te vois attentive à leur sage leçon,
Et je les vois aussi se répandre en largesses
Pour stimuler le zèle et l'application.

C'est que l'enseignement, pieuse investiture,
De bonne-heure appela ces dames sur ses bancs,
Elles faisant leur tâche, aussi grande que dure,
En formant la jeunesse aux nobles sentiments

La famille, un beau jour, se verra glorieuse,
Quand l'heure sonnera de cueillir ton laurier,
Quand le monde dira cette phrase flatteuse
Cette Maîtresse-la, c'est Louise Cartier

Bien élevée, instruite, occupant une place
Au monde militant, et quoi de plus encor
Car c'est l'instruction la clef du livre d'or,
Des épreuves du temps craindras-tu la menace?

. . . .

Le salon peut s'ouvrir à tes succès croissants,
Le savoir donne aussi des grades de noblesse,
Et tu les conquerras, je sais, je le pressens,
Car les dames Guiraud enseignent la sagesse.

(Août 1879)

QUAND LA PRAIRIE EST VERTE.

Quand la prairie est verte
Et chante le grillon,
Sur chaque fleur ouverte
Voltige un papillon

Chantez dans le bocage,
Voici l'aube du jour,
Dans le jeune feuillage,
Chantez, oiseaux d'amour

Quand les fleurs sont écloses
Et que s'ouvrent les roses,
Chantez les douces choses
Que disent les amants

A la saison nouvelle,
Qui dejà vous rappelle,
La tendre tourterelle
Fait ses roucoulements

Tout rit dans la nature
Au retour du printemps,
Flore fait la parure
Des verts prés tous les ans

Il faut rire comme elle,
Quand la douce hirondelle
A couvert de son aile
Ses petits sous un toit,
Quand la simple pervenche
Aux bords de l'eau se penche
Et montre sa fleur blanche
Sur sa tige qui croît

La fontaine Jouvence
Répand ses fraîches eaux
Et renaît l'espérance
Dans les tristes cerveaux.

Dansez, nymphes legères,
Dansez jeunes bergères
Sur les neuves fougères
Qu'agite le zéphir
Les heures d'allégresse
Effacent la tristesse,
Et leur folle vitesse
Dit qu'il faut en jouir.

(1866)

VOUS AIMEZ, DITES-VOUS?

Vous connaissez l'amour, celui que rien n'efface?
Quoi! cet amour, fougueux entraînement,
La passion, qui ressemble au torrent,
Au fond de votre cœur eut-il jamais sa place?

Vous aimez, dites-vous? Et ces mots je vous aime!
Vous les avez pourtant bien des fois prononcés
Votre bouche est apprise à les donner quand même,
Comme le papillon donne aux fleurs ses baisers

C'est l appétit des sens, chez vous imaginaire,
Qui cherche à s'aiguiser sur un nouvel objet,
C'est une gourmandise en passant qui vous plaît,
Vous vous dites l'aimer, et vous croyez sincère.

Le papillon aussi respire tour-à-tour
L'arôme que répand chaque fleur de la terre
Une seule est soustraite à l'insecte-vautour
La fleur de la bruyère, une humble solitaire

Tout humble et solitaire, on la trouve parfois
Sur la mousse embaumant la lisière d'un bois,
Et le chercheur d'amour, ignorant son emblême,
Fait présent d'une rose à la belle qu'il aime.

Cependant une rose, ouverte la matin,
De ne durer qu'un jour a le triste destin,
Tandis que la bruyère est seule dont la sève
La fasse refleurir, sans que rien ne l'achève

C'est une fleur bénie, inconnue aux amants,
Qui n'exhale d'ailleurs qu'un frais et doux encens

La rose a le parfum qui, plus fort, les enivre,
Qui, pour plus-tôt mourir, est plus pressé de vivre

Vous l'aimez, dites-vous? Ah! l'éphémère amour,
Que vous léguez à l'ange et ne vivant qu'un jour!

(1879)

A MADAME ADÈLE D'ENT.....

Pourquoi me reparler des riants bords du Per-
[messe,
Un souvenir, hélas! que la prose du temps
A voulu réléguer a la boîte aux absents,
Où se retrace en l'âme une heure de jeunesse?
. . . .

Ah! le positivisme a mis l'âme en prison,
Il faut qu'elle se taise à présent la pauvrette!
Désuez-vous, madame en savoir la raison?
Le pain de chaque jour veut qu'elle soit muette.
. . . .

Ces beaux élans, ces feux, ces admirations,
Que le monde jalouse et couvre de son rire,
N'osent plus au soleil se former, se produire,
Eux sans cesse accablés d'humiliations

Mais vous avez voulu que je reparle encore
Des jolis petits riens dont se pare un tableau,
Ces secrets de l'artiste et qu'un vulgaire ignore,
Qui font tout ressortir et rendent tout plus beau.

C'est que la poésie est une fugitive,
Qu'un monde trafiquant exila des cités,

On dirait qu'elle a peur, car a pas tics-presses
Elle court se cacher, bonne vierge craintive,
Pour fuir un vain piofane et ses hostilités.

Elle est des pays bleus où s'envolent les âmes
Votre sexe, madame, inspire ses doux chants,
Pour peindre de l'amour les tourments et les flam-
[mes.
Pour peindie l amitié dans ses plaisirs touchants

L'esprit qui vous anime encourage son œuvre,
Elle la continue en dépit des censeurs,
Dont l'aride discours d'amertume l'abreuve
Et lui fait regretter son éden et ses fleurs.

Eh! qui donc mieux que vous pourrait à son lan-
[gage
Donner plus d'assurance et de plus beaux accents,
Quand votre attention, votre affable visage,
Votre accueil bienveillant récompensent ses chants?

Vous avez le seciet de ces délicatesses,
Que la femme d'esprit utilise avec art
Et dont elle ne fait qu'a propos ses largesses,
En personne de tact, agréable et sans fard
On la cherche, on l'entoure, elle est faite pour plaire,
Elle est reine chez elle, elle est reine au salon,
Produisant autour d'elle une bonne lumière,
Dont on aime toujours l'agréable rayon

(Avril 1876)

LE PENSEUR.

Savoir penser, n'est-ce pas faire usage
Des facultés dont l'âme est le berceau,
Quand de la vie on déroule chaque âge
Par la pensée, aliment du cerveau?

C'est le savoir qui nos êtres anime
Pour les conduire auprès de la raison,
Dans la pensée est un travail sublime
Pour l'homme seul dans la création

. . . .

Il faut le voir, ce roi du privilège,
Fixant le ciel, recueilli, marchant droit,
Comme il médite et se forme un cortege
Des sentiments qu'il nourrit et qu'il croit

C'est dans l'amour qu'il abonde en prodiges,
Quand il s'apprend à se taire, à souffrir,
On peut l'aimer, quand a mille vertiges
Il a fait face et sans jamais faiblir

Mais celui-là, c'est l'homme seul qui pense,
L'homme à la fois qui prie et sait aimer,
C'est l'homme fort, noble d'intelligence,
Dont le vulgaire a grand'peur d'approcher.

Il sait aimer avec les feux de l'âme,
Et gouverner le pauvre instinct du corps,
Tout reste pur dans l'ardeur de sa flamme,
Tout est décent dans ses moindres transports.

Et l'amitié, la chaste sensitive,
Qui se replie au plus simple contact,
Il la conçoit toute franche, expansive,
En l'honorant d'un culte délicat.

. . . .

Pourtant le monde a coutûme de rire
Du doux penseur, qu'il ne peut égaler,
Mais lui sans fiel, il ne fait que sourire
Des faux brillants qu'il lui voit étaler.

(Juillet, 1865)

A MON FRÈRE (1859).

Je vois toujours cette famille,
Dont tous les cœurs aimants et bons,
Sont le foyer ou toujours brille
L'amour de frere aux vrais rayons

Oh! Frère! chante, chante,
Ta voix ferme et touchante
Vient sur l'aile du vent
Me réjouir souvent

S'il m'arrive qu'une heure sombre
Vienne attrister mon pauvre cœur,
Autour de moi je vois ton ombre
M'apporter sourire et vigueur.

Il me souvient des confidences
Que bien des fois tu me faisais,
Il me souvient des espérances
Qu'en ton bon cœur tu caressais

Un jour heureux bientôt va naître,
Frere! ce jour va se lever
Il durera tant que notre être
Nous serons deux pour l'achever.

Si les destins plus favorables
Nous font la joie à nos désirs,
Nous porterons infatigables
Notre neige et nos souvenirs

AU MÊME (1879).

Et vingt ans de cela! Que les ans passent vîte!
N'était-ce pas hier que l'avenir encor
Souriait à nos vœux, à nos beaux rêves d'or?

. . . .

A peine commencé, l'âge se précipite
Dans l'abîme béant, sévère vérité!
Où le temps achevé devient éternité.

Maîtresse des destins! Divine Providence!
Daignez me pardonner mes pleurs et mes regrets.
C'est vrai qu'ouvertement j'adore vos décrets,
Mais mon frère n'est plus, et mon cœur en souf-
                                          [france
Je le sens, n'aurait pu, se fermant aux douleurs,
Perdre ce frère aimé sans se noyer de pleurs

Au monde que la foi nous révèle et nous montre,
Le bon Dieu l'a voulu, ton âme s'envola
Celles de père et mère avant toi furent là
Où les maux d'ici bas n'ont jamais de rencontre

Tu nous fus enlevé si promptement, hélas!

. . . .

Frère et sœur étaient loin, sans avis, sans nouvelles.
Ah! deux mots à la poste! Ils eussent pris des ailes!
Pour accourir à toi, te presser dans leurs bras

A MON BEAU-PÈRE.

Vieil ami, le temps marche et de constante allure,
Sans égard pour nous tous, sans ralentir le pas,
Arme pour tout détruire, on le voit ici-bas,
Les choses et le gens, les ruine par l'usure.

Prenons-en le parti c'est, hélas! le meilleur,
Le plus sage et le mieux que nous ayons à faire
Nous devons nous soumettre et résignés nous taire,
Obéir à l'arrêt de ce vieillard faucheur.

Que de fois nous avons, aux bras de la jeunesse,
Oubliant notre fin, négligé l'avenir!!
. . . .
Mais, vains regrets perdus! Nous nous verrons
[vieillir,
Trompeusement bercés d'un espoir de richesse

Que nous a donc laissé, ce plaisir de nos sens,
Dont si tôt l'homme jeune et s'abuse et s'énerve?
Heureux! si l'atrophie, à chacun qu'il réserve,
Ne nous a pas frappés avant l'hiver des ans.

Voyons passer d'ici la folle sarabande
Des têtes du passé, blêmes et les yeux clos,
Des âges écoulés écoutons les échos,
Qui vont sonner aux monts et mourir à la lande!
. . . .

Les têtes du passé, des âges les échos,
Les pierres des chemins, les épines des haies,
Les sifflements des vents dans les hautes futaies,
Quelle confusion! Quel étrange chaos!

. . . .
. . . .
. . . .

Mais laissons le fini, puisque l'heure sonnée
Déjà n'est plus a nous elle est d'un autre temps
Parlons de l'avenir, de ces pioches moments,
L'espérance des cœurs, que le ciel a donnée

La famille, un bonheur, promesse du futur!
Ces êtres la formant, ce joyeux entourage
Retrouvé chaque soir au repos de l'ouvrage,
Beau creuset de l'amour! d'ou nous sortons l'or pur!

La famille! n'est-elle, a toute heure, à tout âge,
Ce magique foyer d'ou les peines s'envont,
Ou les épanchements entre les cœurs se font,
Pour défier le monde et son railleur outrage?

. . . .

Ce n'est pas tout encore Il est d'autres tableaux
Cette douce poussée, une chère bouture!
Dont l'arbre s'enrichit, quand elle est sans souillure
La sève qui produit les branches, les rameaux.

Ce sont donc les enfants! cette progeniture,
Qui naît pour notre joie et rafraîchit nos cœurs,
Dont nous cherchons le rire et séchons tous les
[pleurs,
Dans leurs petites mains plaçant la dictature

Ils grandissent, couvés dans nos tendres amours,
La nuit, le jour l'objet de toutes nos caresses,

Nos forces nivelant au gré de leurs faiblesses,
Ne dormant plus pour eux, volant a leur secours.

. . . .

Plus- tard, la récompense étale ses merveilles
A nos yeux grands ouverts nous voyons ces petits,
Qui sont devenus beaux, bien formés et grandis,
Nous délasser alors des travaux de nos veilles

. . . .

. . . .

C'est ainsi que la vie à mes yeux apparaît,
Et, s'il est dans mon sort que je vive un grand âge,
A mon humble foyer je me vois comme un sage
Causant autour de moi le charme du bienfait

La gaîté du franc rire aura place à ma table
Mes filles et ma femme, assises elles trois,
En feront l'ornement plus qu'à celle des rois
Deux duchesses de Cour avec la Connétable

A la place d'honneur nous lui tendrons les bras,
Quand viendra l'occuper le père et le grand pere,
Petites filles, fille, avides de lui plaire,
Ce jour-là se mettront dans leurs plus beaux états.

(Novembre, 1878)

L'IDYLLE ET L'ELEGIE.

Entendez les oiseaux qui peuplent le bocage,
Leur réveil matinal fait bruire le feuillage,
La nature sourit à ces gais habitants,
Qui font de leurs gosiers sortir de joyeux chants
Chantres harmonieux! chantez, chantez encore,
Saluez de vos airs le retour de l'aurore!!

Mais déjà dans les bois, sur l'air frais du matin,
Arrivent de doux sons apportés du lointain
C'est la muse champêtre, on dirait à l'entendre,
Qui nous vient préluder sa chanson gaie et tendre.
Venez, ma sœur, dit-elle, ici rire et danser,
Venez sur le gazon vers moi vous amuser.

Ainsi chantait la voix de l'innocente Idylle,
Et l'écho dit au loin, dans le vallon fertile,
Cet appel généreux qu'inspirait un bon cœur.
Un instant vint se faire un silence enchanteur,
Puis on vit deux mortels, unis par la pensée,
Fouler le vert tapis humide de rosée.

Pourquoi rire, ma chère, avait dit une voix?
Comment! Y songez-vous? Ces êtres que je vois,
Agités par l'amour, sont saisis d'une flamme
Qui pénètre leur cœur et consume leur âme!
A les suivre de près je borne me désirs,
Et je plains tristement leurs mutuels soupirs.

Le visage peiné de la belle étrangère
Et son accent plaintif, tout était si sincère,
Que la reine des champs se tourna pour la voir
Et se vit à son tour comme elle s'émouvoir
Vous plaignez, lui dit-elle, un amant qui soupire,
Pourquoi sur son bonheur au doute me conduire?

L'étrangère sourit et prit un air pensif,
Puis sa voix dit ces mots de son timbre plaintif
Ah! plaignez les humains! plaignez-les, ma bergère,
Car ils ont dans leur vie une joie éphémère,
Ils cherchent le bonheur, c'est là tout leur plaisir.
Mais ils perdent sa trace avant de le saisir,

C'est ainsi que parlait la dolente Elégie,
Quand d'un glas retentit la triste sonnerie
Une tombe venait sans doute de s'ouvrir,
Et la muse sondain de pleurer, de gémir ...

. . . .

L'Idylle s'attendrit, mais fut dans la vallée
Oublier dans ses pleurs la belle désolée

(1854.)

SÉMILLANTE.

Sémillante, viens de ma vie
Rendre plus gai le triste cours,
Mon cœur sans toi n'a plus envie
De voir nombreux couler ses jours

. . . .

Comme la joie en toi rayonne,
Brille vivace dans ton œil!
Elle est d'opale, ta couronne,
Et ton sourire est plein d'accueil

Sur ta peau fine et transparente,
Ma Sémillante, en t'animant,
Se glisse une flamme charmante,
Aussi rose que l'est ton sang

Je te vois, enfant de l'Asie,
Sourire au ciel, sourire à l'air,
Je te vois, fleur de poésie,
Passer, briller dans un éclair

. . . .

Mais serais-tu fille d'un Mage,
Pleine d'amour, pleine de feu?
Mais serais-tu la noble image,
Où rebrille celle de Dieu?.

Es-tu l'esprit, qui dans les rêves
Semble éclairer la sombre nuit?
Es-tu l'ombre qu'aux belles grèves
On aime voir et qu'on chérit?

. . . .

Quand sous le vent tremble et frissonne
Et que s'envole autour de toi
Le jaune feuillage d'automne,
Si ton cœur avait quelque émoi
Ou bien si la mélancolie
Venait un jour pour te frapper,
Si jamais ton âme amollie
Dans un pleur allait s'échapper,
S'il t'arrivait que quelque peine
Battît de l'aile auprès de toi,
Oh! legère comme un phalène,
Sache la fuir et viens a moi

(1874)

A MADAME C. L. (SÉRÉNADE).

Une harmonie aux purs mélanges
Vient me charmer après minuit
Je crois qu'elle est la voix des anges,
Qui t'escortent dans mon réduit.
Mère, entends-la, cette musique..
. . . .

Elle arrive, enfant, d'où je sors
C'est le concert saint et mystique,
Pour l'écouter, chère enfant,
Poui l'écouter, chère enfant,
   Dors

La voix des luths, harpes et lyres
Font les concerts connus aux cieux,
Pour goûter leurs divins delires,
Ma fille, ferme-donc les yeux,
 . Ferme-donc les yeux

Il me souvient de mon enfance,
De ces beaux jours où tu m'aimas,
J'allais toucher l'adolescence,
Quand vers les cieux tu t'envolas.

Inconsolable, hélas! que faire,
Quand la douleur glaça ton corps! .

Oh! mais depuis, ma tendre mère,
Ta voix me dit mon enfant,
Pour mieux me voir, mon enfant,
    Dors

Un homme vint sécher mes larmes
L'hymen bientôt m'unit à lui
C'est un époux aimant mes charmes,
Bonne mère, il t'aime aussi,
    Mere il t'aime aussi

Je le connais plein de noblesse,
Il est en tout si bon pour toi
Qu'il t'a donné toute richesse,
Que l'amour donne en galant roi

. . . .

Ma fille, entends cette prière,
Que je faisais en doux transports
«Bénissez-la pour moi, sa mère,
»Qui lui disais, chère enfant,
»Dans mes bras, chère enfant,
    «Dors »

Et l'harmonie aux purs mélanges,
Qui me chantait les pays bleus,
Sur les ailes blanches des anges,
Reprenait le chemin des cieux,
    Le chemin des cieux

(Août 1871)

———————

UN HOMME A PARIS.

Ce soir, au sein de cette foule
Paresseuse des boulevards,
Comme entraîné par la houle,
Un passant jetait ses regards.

Ce promeneur, cosmopolite
Parmi ce monde promeneur,
Allait sans règle de conduite,
Indifférent et l'air rêveur.

Il pensait. Que pouvait-il faire,
Lui que personne connaissait
Dans ce Paris? Et solitaire ,
Parmi tant de monde, il passait.

Seul! Semblait-il en lui se dire.
Oh! la famille! Oh! des amis!
J'en ai pourtant   J'aime tant rire!
Qui loin de moi les a bannis?

Seul! Mais pourquoi? Voilà, j'y pense.
Homme de cœur! Sensible! Ah! bah!
Faire du bien! C'est une offense
L'obligé raille   Ah! Ah! Ah! Ah!

' L'homme riait, quelqu'un le frôle.
Il tressaille. Qui le connaît!

On prend son bras, une parole,
Un doux regard c'est déjà fait

. . . .

A cette heure le solitaire
N'a plus cet air triste et rêveur
Charme de femme! ô feu solaire!
Tu fais venir la joie au cœur.

. . . .

Il n'est plus seul, il aime vivre,
Goûter ta caresse et te voir
Il connaît le chemin à suivre
Pour arriver à ton boudoir

Mars 1870.

A MA FILLE CATHERINE.

Catherine, ma fille, à peine si ton âge
Comptera trois Avrils au prochain renouveau,
Et tu cours au miroir réflétant ton image,
Coquetterie innée, au sortir du berceau,
Chez ton sexe adorant la beauté du visage!..

Et ta voix enfantine, au doux timbre argentin,
Me gazouille sa joie, ainsi qu'une allouette,
Qui s'echappe du nid, chante ses airs de fête
A sa jolie image au ruisseau cristallin.

Bel âge que le tien! âge de l'innocence,
Où l'on voit tout nouveau du matin jusqu'au soir,
Age heureux et bien court de la bonne ignorance!
Où l'on regarde tout, où l'on veut tout revoir

Quelques printemps de plus, et le duvet de pêche,
De notre adolescence avant-coureur toujours,
Sur ta petite joue et si rose et si fraîche
Sera plus-tard le nid du rire et des amours .
. . . .

Ton enfance coulant ses jours dans la tendresse
Au sein de ta famille, aimante et gens de bien,

Ton cœur s'élèvera dans l'école-sagesse,
Et, de ta pureté gardant le riche écrin,
Ton bon ange du ciel, toujours si plein de zèle,
Conseiller vigilant, t'abritant de son aile,
S'établira ton guide, une main dans ta main.

(1876)

MADEMOISELLE AMELIE F... A LA SOEUR MARIE,

À SON ENTRÉE AU COUVENT.

Oh! si les cœurs ont leur langage,
Si les âmes ont leur plaisir,
C'est la sympathie en message,
Qui vient du ciel pour les unir

Mais la charmante messagère
A de délicates vertus
Pour se choisir sur cette terre
Une petite cour d'élus

Vers vous je sens qu'elle m'attire,
Vers vous que lie un chaste vœu.
Vers vous, qui venez me sourire
Comme une fille du bon Dieu.

Votre regard offre un mélange
D'un air de peine et de bonté,
Qu'on trouve dans les yeux de l'ange,
Qui prie en paisible exilé.

Et puis votre langueur touchante
Vous donne un mystique agrément;
Votre bouche, on croit qu'elle chante
L'hymne sacrée au rhythme grand.

Soyez, ma sœur, l'amie affable
Que je désirais tant trouver,
Oh! soyez-la, sœur charitable,
Qui passez la vie à prier

Je bénirai la voix pieuse,
Qui me dira le saint devoir,
Qui m'apprendra la joie heureuse
Qu'à l'Empyrée on doit avoir

(Mai 1858.)

MONDE MOQUEUR.

Combien de bigarrures,
Monde absurde et faquin,
Composent tes figures,
Tes habits d'arlequin!..

C'est peu d'entendre dire
Ces dures vérités,
C'est peu que la satire
Blesse les vanités,
Il faut voir tout ce monde
A se moidre enseigné,
Qui d'une joie immonde
Triture un cœur saigné.

. . . .

A ce moqueur qu'importe
Qu'on souffre par son fait! .
Il sait mettre à la porte
Tout remords du forfait
Sa vie est la souffrance
Qu'il cause à son prochain,
Serpent par ressemblance,
Il en a le venin.

Rampe donc, froid reptile!
Contracte tes anneaux!

Ton humeur et ta bile
Sècheront pour tes maux

Mais quel est l'apanage
De ce monde rageur,
S'il pense que l'outrage
Lui vaille une grandeur?

. . . .

Hélas! hélas! une heure,
Cent heures de succès!.
Et après! Qu'il se meure!
Ah! quels cruels regrets!.

. . . .

Mais qu'est-ce qui me pousse
A cet air noir obscur?
L'envie à la rescousse
Troublerait mon ciel pur?.

. . . .

. . . .

Non, non. Jamais mon âme
N'eut ce bas sentiment
C'est la fleur du sésame
Qui fait son agrément.

La bonté, l'indulgence,
Le bon Dieu m'est témoin!
Eurent toujours mon soin,
Aussi ma préférence.

(1860)

LA VOIX DE LA TRISTESSE.

Quisquis suas lacrymas habet

O visions, dont le jeune âge escorte
    Tous ses instants de rêve aux fleurs,
Délaissez-moi, vive et belle cohorte,
Car je sais trop ce que la joie apporte
    Dans vos charmes suivis de pleurs!
. . . .

Oh! laissez-moi comme une onde plantive
    Laisse ses bords en murmurant,
Car une voix au fond du cœur m'arrive,
    Avec des larmes dans son chant!
Je veux l'entendre éveiller en moi-même
    Les éléments d'un souvenir,
Pour conserver un précieux emblême,
    Que j'ai grand soin d'entretenir.

Puis, cette fée, enfant de la tristesse,
    Qui de son chant vient me bercer,
Sait mes soucis, me plait et m'intéresse
    Et sur mes pleurs sait en verser .
Cela console alors que l'âme est pleine
    De l'amertume d'un regret,
Cela soulage alors qu'en soi la peine
    Veut le silence et le secret .

Moi, je suis triste, et moi seul j'ai des armes
   Pour combattre avec ma douleur,
Et, si je pleure, oh! je sais que mes larmes
   Soulageront mon pauvre cœur.

Mais qu'ai-je fait pour parler à cette heure
   Le langage des affligés?
Point de remords! Et faut-il que je pleure
   Sur des chagrins imaginés!.

(Janvier, 1857)

A MADAME LA MARQUISE DE L... F...

BLANCHE APPARITION.

Je vons ai vue, au déclin d'un beau jour,
Sur le balcon aux consoles gothiques;
Je les ai vus, ces charmes angéliques,
Que chantera la Muse de l'amour.
. . . .

Votre beauté, dont l'embaumé sourire
Me pénétra comme un rayon des cieux,
Troubla mes sens, leur causa du délire,
Loisque sur moi s'ouvrirent vos grands yeux.

Depuis je vois votre riante image
Partout paraître à mon regard séduit,
Et ma raison, qui me paraissait sage,
Elle à son tour et vous cherche et vous fuit.

Oh! vous avez le privilège unique
D'être pour tous un ange de bonté,
Et de soumettre à votre volonté
Le fat d'amour et l'humble fanatique.
. . . .

Vous souriez à ce coupable même
Dont la démence est d'obéir aux sens,

Oseur qui dit que pour eux il vous aime
Et que d'eux seuls il vous brûle l'encens.

Mais ce sourire est rempli d'éloquence
C'est le reflet de votre pureté,
C'est le soleil de la noble innocence,
Le frais parfum de votre chasteté.

Vous êtes donc, créature d'élite,
Un séraphin, un divin messager,
Dont la jeunesse au plaisir nous invite,
Même au bonheur ici-bas passager.

Ils sont heureux ceux de votre entourage,
Oui, bienheureux de vivre près de vous,
Il est si beau votre aimable visage!
Et vos regards ont des charmes si doux!

. . .   .

Je vous revois sur le balcon de pierre,
Où je vous vis, blanche apparition!
Vous me semblez une vierge en prière,
Qui vint chez nous en sainte mission

. . . .
. . . .

J'oubliais tout, ma lyre était muette,
Et la tristesse en ma pauvre âme entrait,
Quand votre vue appela le poète,
Sa Muse aussi, qui tout bas soupirait

(1859)

MADAME LA BARONNE DE L...

Rien qu'à vous voir dans l'entourage,
Qui vous fait une cour d'élus,
Vous, si belle, indulgente et sage,
On découvre bien des vertus. .

Quelles vertus! Oh! d'une reine
Régnant de par un droit divin,
Qui, sous les traits de face humaine,
A la grace d'un séraphin.

Autour de vous un charme attire
Tous les esprits secrètement,
Ce charme frais dans le sourire,
Qui vous conserve un cœur d'enfant.

Vous possédez le monopole
Des célestes enchantements,
Puisqu'à votre douce parole
Naissent tous les bons sentiments

La poésie en vous, Madame,
Trouve une Muse pour ses chants,
Vous excitez sa pure flamme,
Qui se produit en beaux accents

L'amour piofane a dû se taire,
S'attachant, coupable penseur,
A réfréner, s'il veut vous plane,
Tous ses désirs de ravisseur.

Et le poète, agent docile
De vos pouvoirs si délicats,
Comme un doux membre de famille
Cherche la trace de vos pas

1859

VISION.

O vision! qui me charmas en songe
    Au milieu d'une nuit,
Non! tu n'es pas un aussi vain mensonge
    Que le monde et son bruit!

Non! tu n'es pas une fille idéale
    A mon regard ami,
Car du souci passe l'heure fatale,
    Dès que tu m'as souri.

Aussi mon cœur t'accorde sa tendrese
    A tout instant du jour,
Il craint pour toi du monde la rudesse
    Et les pleurs de l'amour.

Oh! pense à moi, lorsque ta vie est sombre,
    Ou qu'on blessé ta foi
Oh! pense à moi pour caresser mon ombre,
    Errante autour de toi.

Novembre 1855

MADEMOISSELLE CLAIRE B.....

Fée aimable, lutin, sirène,
Elle a l'enchanteresse voix,
La merveilleuse et douce reine,
Qui soumet chacun à ses lois.

Voyez-la, riante et badine,
Captiver sa petite cour,
Quand sa belle et coquette mine
S'empourpre des vrais feux d'amoui.

Tout s'anime, plait, émerveille
Dans ses grands yeux pleins de gaîté,
Et, séduite, l'âme s'éveille
Dans un parfum de volupté

Source de joie intarissable,
Ou s'abreuvent des cœurs amis,
Elle a l'esprit insaisissable,
La charme frais, l'air insoumis

Légère comme une gazelle,
Petits bonheuis la font bondir,
Vive et sensible autant que belle,
Des yeux distraits la font pâlir.

Elle plait tant!. . pourquoi commettre
D'hommages dus un seul larcin?
Pourquoi près d'elle se permettre
D'éviter son œil assassin?

D'ailleurs elle est si bonne reine
Qu'elle sourit à chacun d'eux,
Mais de la grace où chaque veine
Puise un frisson voluptueux

Et, quand l'ardeur qu'elle a fait naître
Arrive à son diapason,
Eve prudente, elle sait être
Comme l'aimant pour la raison.

Ainsi s'exerce son empire,
Toujours charmeur pour ses sujets,
Ainsi son beau minois s'inspire
Pour varier ses fins attraits.

1871.

PULCHRA.

O MATRE PULCHRA FILIA PULCHRIOR.. HORACE.

Belle ingénue, adorable mignonne,
Dont le frais charme enchaîne ma raison,
Dieu te donna des graces la couronne
Et l'air décent de fille de grand ton.

Ton clair regard est d'une enchanteresse
D'un divin philtre il verse les ardeurs.
Ton fin sourire, embaumé de jeunesse,
Révèle un ciel où sont tous les bonheurs

Dans l'entretien ta voix perlée et claire
Sonne à l'oreille un air suave et doux,
Ange d'amour, tu fus faite pour plaire,
Pour captiver et faire des jaloux.

Ton caractère est d'être aimable et vive,
Lorsque tu prends tes favoris ébats,
Que tu sois gaie ou bien méditative,
Rien n'est si beau que tes traits délicats!

Exquise enfant! ton parfum de duchesse,
Ton cœur sensible et ton esprit aimant,

Ta bonne grace et ton âme d'altesse,
Tout charme en toi, puisque tout est charmant

. . . .

Autour de toi le désir qui s'agite
S'exprime assez en complıments de cour,
Quand en secret un cœur épris palpite
Sous la caresse et le tourment d'amouı

Sı tu l'aimais, luı quı t'aime en silence,
Tu le verraıs plein de couıtoıs égards,
Esclave heureux de subır ta puıssance,
Dont les ıayons éclaırent tes ıegards

(Mai, 1865)

LUCILE.

Les yeux brillant d'un feu doux et mystique,
Un jour d'été m'apparut une enfant
Lucile avait ce sourire pudique,
Dont le frais charme est toujours triomphant

Mon cœur s'émut, et, dans le fond de l'âme,
Croyant sortir d'un étrange sommeil,
Je me sentis pénétré d'une flamme,
Comme un rayon de céleste soleil,

Je vois toujours la radieuse image
De cette enfant aux traits d'un séraphin
Elle est pour moi l'étoile de présage,
Dont le regard éclaire mon chemin.

Tous les trésors d'une grace suave
Ont de la vierge embelli la beauté
«Une âme prie, un cœur s'est fait esclave
Sous les pouvoirs de cette royauté »

C'est un parfum de la divine essence,
Que ma Lucile a laissé sur ses pas,
Un fin parfum qu'exhale l'innocence,
La blanche fleur de ses chastes appas.

Le Ciel, séjour du bonheur sans mélange,
N'a pas plus beau que cette enfant d'amour,
Car ma Lucile est pure comme un ange,
Et je l'admire en secret chaque jour

(1864.)

J'AIME LA VIE.

J'aime la vie, oui, je l'aime de cœur!
J'y vois l'amour, cette divine crise,
Qui donne aux sens la fièvre qui les grise
D'une ambroisie à puissante senteur.

Faux philosophe à pompeuse parole,
Sot harangueur, va, passe ton chemin!
Tu perds ton temps et me parles en vain
De la raison, cette orgueilleuse folle

Je l'ai bien vue à l'épreuve fléchir,
Cette raison, ridicule apanage,
Oui, je l'ai vue, elle que tu crois sage,
Fondre sa glace et folle devenu .
. . . .
. . . .

Toujours docile au charme qui caresse,
Jamais l'amour ne me vit une fois,
Pour me soustraire à ses royales lois,
Mettre en avant une feinte sagesse .
. . . .

Je vois encoi les épais rameaux verts
De ce bel arbre où chantait ma jeunesse
De ces doux airs d'amour et d'allégresse,
Dont mon oreille aime tant les concerts.

(Novembre, 1868)

EVE DE VINGT ANS.

Un jour, enfant, sous un air de princesse,
Ton gai minois, frais et beau de jeunesse,
        Riait dans le miroir,
Où tu voyais briller ta brune tête,
Et ta main blanche, effilée et coquette,
        Lissait un bandeau noir.

Oh! quelle grace étalait ton visage,
Et que de joie était à ton usage
        Dans ton cœur virginal,
Quand de satin et gaze nuancée
S'emprisonnait ta personne élancée
        Pour accourir au bal.

Oui, ce jour-là, ton front pur et limpide
Etait brillant, par l'absence de ride,
        Comme un poli miroir,
Ta bouche alors, qui s'entr'ouvait à peine,
Faisait sentir ta vaporeuse haleine
        En parfum d'encensoir

. . . .

Que ce beau soir, j'étais heureux de vivre
J'aimais passser vers toi, car, d'amour ivre,

J'admirais ta beauté
Je sens encor ton frôlement de robe
Rien à mes yeux ne pâlit, ne dérobe
Le salon enchanté

(Novembre, 1855)

HELÈNE AU BAL.

Encore au bal a la suite d'Hélène,
Oh! je m'y vois, j'y cours, je m'y promène
Comme elle avait des ailes à ses pieds
En eclipsant des groupes variés!

Oui! je la vois, l'orchestre l'électrise,
La danse encor la tient à sa reprise,
Au tourbillon, volant sans le savoir,
Elle se mêle et sans jamais s'asseoir

Elle est toujours rieuse et bondissante
Au sein des flots de la foule dansante,
Et puis, légère ainsi qu'un papillon,
Sa gaze gonfle arrondie en ballon

Tout m'apparaît comme un peuple d'atômes,
Car, enivré, j'aspire des arômes
Versant sur moi l'opium oriental,
Tout un éther du pays idéal.

Ah! la voici Sur son teint rose et pâle
Son éventail de vélin et d'opale
En ce moment s'agite dans sa main
Une heure après s'enfuyait le lutin

Je me souviens des charmes de la fête,
Je vois encor la blanche silhouette,
Qui se dessine en contours moelleux,
Puis se dérobe en sylphide a mes yeux.

(Février, 1856)

MADAME EMMA. PILV......

Ah! la parque Atropos, ou la blême Camarde,
    Vient de tranchei le fil des jouis
De cet époux aimant, qui fut la sauvegarde,
    Le talisman de vos amours
Vons l'avez dans sa vie assez mis à l'épreuve
    Ce cœur, qui s'agitait pour vous
Et qui savait trouver une grace si neuve
    A vous offrir ses feux bien doux.

  . . . .

Mais l'aimâtes-vous bien d'amour loyal, Madame,
    Ce jeune mari regretté?
S'il est entré profond ce deuil, dedans votre âme,
    Pourquoi l'avoir si tôt quitté?
A peine écoulez vous la limite d'usage,
    Que vous déplait le crêpe noir,
Et pourtant il seyait à l'austèie visage
    Que j'aimerais encoi vous voir..

Eh! quoi! vous avez craint d'attrister trop vos char-
                     [mes
    Au souvenir de ce tombeau,
Madame, ignorez-vous que le tribut des larmes
    Est bien l'hommage le plus beau!.
Hélas! tant empressée à vêtir la parure

Qui signale l'heure d'oubli,
Le chagrin n'a-t-il donc, banni de la figure,
Dans votre cœur rien accompli?

L'amour, qui fut sincère est d'une autre durée,
Il ne meurt pas, il est mental
Vous reprenez à rire aulieu d'être éplorée,
Oh! croyez-moi, cela, c'est mal .
Le monde vous cherchait dans son cercle de joie,
Et vous n'étiez pas de retour,
Peut-on à la douleur rester toujours en proie
Et renoncer à rose et cour?

Allez, où vous conduit votre ingrate jeunesse,
Dans les fêtes du vain plaisir,
Mais n'aurez-vous jamais aux bras de l'allégresse
L'amertume d'aucun soupir?

Parez donc vos cheveux, ajustez vos toilettes,
Les dandys vont papillonner.
Sans effort vous ferez de frivoles conquêtes,
Dont l'élément fait oublier

Et tandisque l'épouse aura repris la vie,
Que le monde sait déflorer,
Ma Muse amie aura la plaintive élégie
Pour votre époux qu'on doit pleurer

(1856)

SOUVENIR D'UN SONGE.

En rêve un soir, ma pensée isolée
Erra sondain aupiés d'une vallée,
  Invisible aux humains,
Phœbé jetait sa clarté sur la nue
Portant, du ciel à terre descendue,
  Sa lueur aux Sylvains

Puis vers l'azur, sous son globe de neige,
Oh! j'admirai le scintillant cortège
  Formé d'étoiles d'or
C'était partout des milliers de pléiades
Se réflétant au miroir des Naiades,
  Qui se baignaient encor.

Ce lieu m'offrait l'aspect des Elysées.
Plusieurs beautés, graces poétisées
  Dans un charme idéal,
Passaient vers moi plus blanches que les nue
En regagnant, épaules toutes nues,
  Un kiosque oriental

Une, montant sur des cordes de soie
  Si prompte qu'un éclair,
Prit à danser sur la fragile voie
  Comme un sylphe dans l'air.

Son corps avait une extrême souplesse,
        Et, s'éloignant du sol,
Elle egala l'étonnante vitesse
        De l'oiseau dans son vol

    Je fus saisi d'une telle épouvante,
Quand je la vis opérei sa descente,
        Que je fermai les yeux,
En les rouvrant, tout l'espace était sombie
Je ne vis rien que sa fugitive ombre
        Entre la terre et les cieux

(Janvier, 1856)

BIANCA RIDETTA.

Oui! la jeunesse, enfant, est le parfum qu'exhale
Un printanier bouquet
La main du temps viendra plisser ton beau front
[pale

C'est le divin décret

Et ces longs cheveux noirs qu'aujourd'hui tu
[dénoues,
Par lui seront blanchis,
Alors qu'auront passé du satin de tes joues
Les graces et les ris
. . . .

Oh! fasse que ton âme, au lieu d'être offensée,
Elève au Créateur une noble pensee
Pour la paix de ton cœur!
Si ton œil est moins vif et ta lèvre moins rose,
Tu pourras applaudir a la métamorphose,
Qui t'apprend le bonheur

(Décembre, 1855)

PÉCHES MIGNONS.

Joliette Marguerite,
Tes yeux noirs ont des rayons,
Qui font souvent, ma petite,
Commettre péchés mignons.

Fee aimable, enfant du rire,
Le plus sage se damnerait,
Il ferait mieux, il ferait pire,
Si ton minois lui souriait

Lacets d'amour, piéges perfides
Font arriver dans tes filets
Les rebelles et les timides,
Les jeunes ou vieux damerets

Sous tes charmes et leurs caprices
On succombe sans le savoir,
Chacun se plait à ces malices,
Que tu lui fais matin et soir.

Volage ou grave, on papillonne
Autour de ton soleil d'amour,
Puis le désir fait qu'on frissonne
Comme un coupable tout le jour

Et toi, coquette enchanteresse,
Toujours lançant ta chaîne d'or,
Sous ta baguette charmeresse
On se déplait et plait encor

(1856).

UN ÉPISODE DE DAMES DE CHARITÉ A PARIS

A l'œuvre je les vois, ces heureuses du jour,
Repandre sur leurs pas les dons de la richesse,
Aimer les malheureux d'un adorable amour,
Visiter les souffrants, les êtres en detresse
Heureuses elles sont, Dames de qualité
Et le sont doublement, Dames de charité

J A G

Un jour du printemps de 1868, un poète fut admis a pénétrer dans le salon de Madame la Duchesse de Mou , un des plus choisis de l'aristocratique faubourg St Germain

C'était au déclin d'une apres-midi, pleine de soleil, d'air frais et de parfums

Le Salon n'était pas désert il etait transformé en atelier de confection

Douze mains blanches maniaient tour-à-tour les ciseaux et l'aiguille avec un entrain d'ouvrières a eur tâche, et, pendant ce labeur singulier un silence presque pieux régnait au sein de la jolie assemblée c'étaient six dames patronnesses d'une œuvre de charité, qui avaient généreusement sacrifié les plaisirs de la promenade

Recluses volontaires, leurs attraits se trouvaient rehaussés par le sourire de bonté qu'elles avaient sur leurs levres et dans les yeux

Madame la Marquise de L   F. , brune aux grands
yeux d'andalouse, concurremment avec la Dame de
céans, dirigeait l'atelier par des conseils et des ex-
plications techniques

Le poète, arrêté sur le seuil, n'osait faire un pas
en avant l'admiration contemplative, un je ne sais
quoi d'extatique l'immobilisait à cette place Ces
anges terrestres offraient à ses yeux un tableau de
la plus gracieuse et saisissante harmonie

Madame la Duchesse s'apercevant de la présence du timide visiteur, s'empressa d'aller à lui avec
son air de noble mansuétude, et de présenter aux
autres dames patronnesses l'initiateur de cette
œuvre pour les pauvres Le poète avait eu une inspiration de charité, et elles, nobles, jeunes et belles
émues au simple écho du chant, s'étaient mises a
l'exécution de l'œuvre inspirée

La poésie, intéressante par elle-même, entraîne
à sa suite, quand elle se fait la prêtresse de la Bien-
faisance

Les œuvres pieuses de ces mêmes Dames s'éten
dent jusqu'à la mansarde Alors, quel spectacle
s offre à leurs yeux! Un pauvre honteux et sa fa
mille souffleteuse Tout se tait dans ce réduit, tout
jusqu'au murmure Attrister son regard en le pro-
menant sur le tableau de la misère, braver les dé
goûts de tout ordre, faire naître un sourire d'espe
rance sur des visages amaigris, tout cela pour des
heureuses, n'est-ce pas du sublime? Ces actes, ne
sont-ils pas inspirés par une divine vertu et n'ajou-
tent-ils rien à la beauté des anges qui les accom-
plissent? Oh! Et l'auréole glorieuse de la compa-
tissance!

Duchesse, Marquise et coadjutrices organisent de
fréquentes loteries, composées d'ouvrages sortis de
leurs mains, tels que broderies, aquarelles, tapisse-
ries et autres

A la même époque de cet épisode, dans une de ces tombolas, elles présidaient une exhibition très-variée, en une toilette d'un goût suprême et coiffées en cheveux Sur leurs épaules d'un blanc de magnolia tombaient de leur luxuriante chevelure deux bandelettes-repentir.

Les élégants visiteurs admiraient quoi? ces Dames et leurs bandelettes Et les belles exposantes comptaient sur une recette honorable.

Quelques billets, pris çà et la, avec distraction, avaient produit quelques louis, mais les pauvres étaient nombreux et très-pauvres

L'exposition languissait Comment donc exciter les largesses des chalands, se disaient du regard ces dames? Le dépit de l'impuissance se peignait sur leurs traits, lorsque l'une d'elles, resolue et l'air triomphateur, saisit une paire de ciseaux, coupa avec héroisme ses bandelettes et les joignit aux objets de son étalage L'imitation de la part des cinq autres dames fut gracieuse et spontanée Quel coup de hausse pour les billets! Ce fut uue vraie opération de bourse, car les gros lots improvisés excitèrent une convoitise telle que les angéliques coquettes réunirent en rien de temps la somme rondelette de huit mille francs

Heureux pauvres! votre indigence eut ce jour-la de quoi la secourir, grace au sacrifice de vos bons anges

Ces dames ont la faculté d'accomplir des prodiges elles rendent humains des cœurs durs, elles inventeraient la charité, si le Christ ne l'eut prêchée d'exemple, et elles feraient adorer Dieu par les athées mêmes.

L'œuvre de la propagation de la Foi devrait s'enrichir de porte-étendards de cette valeur

Découvrons-nous, Messieurs

Jean Alexis Giraud.

www.ingramcontent.com/pod-product-compliance
Ingram Content Group UK Ltd.
Pitfield, Milton Keynes, MK11 3LW, UK
UKHW022307070726
13614UKWH00002B/596